呪禁官 百怪ト夜行ス

クトゥルー・ミュトス・ファイルズ
The Cthulhu Mythos Files

牧野 修

創土社

目次

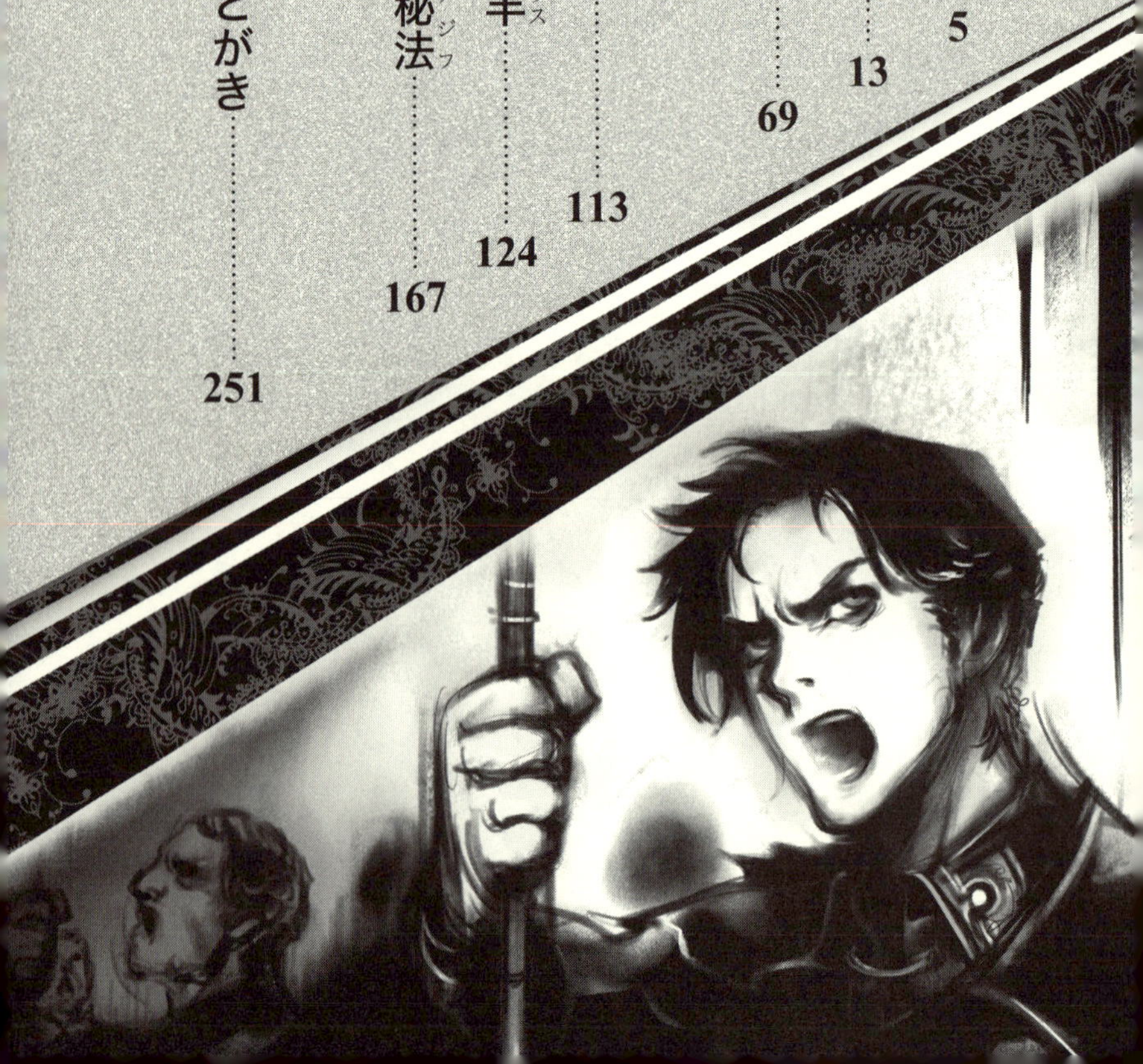

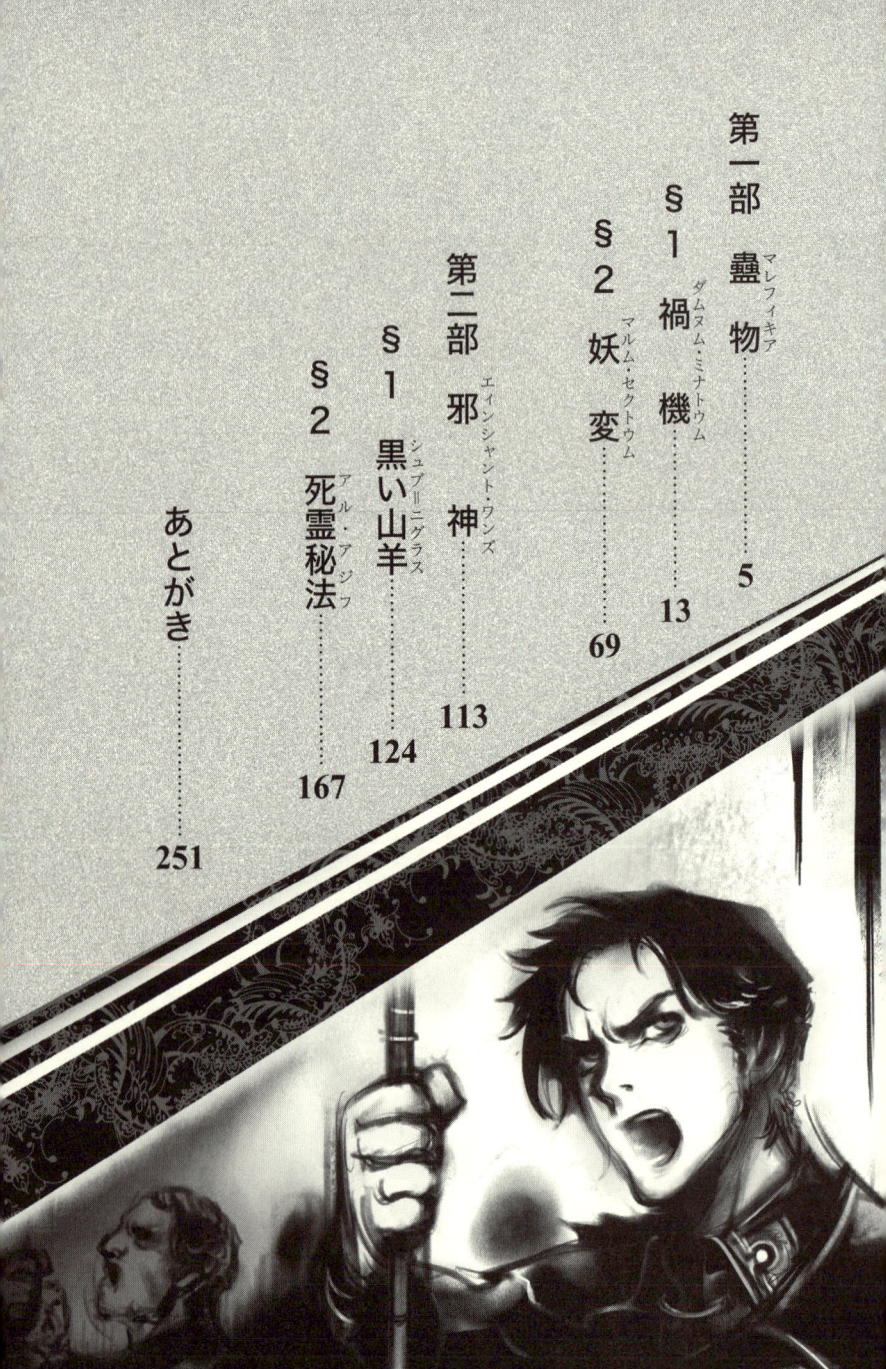

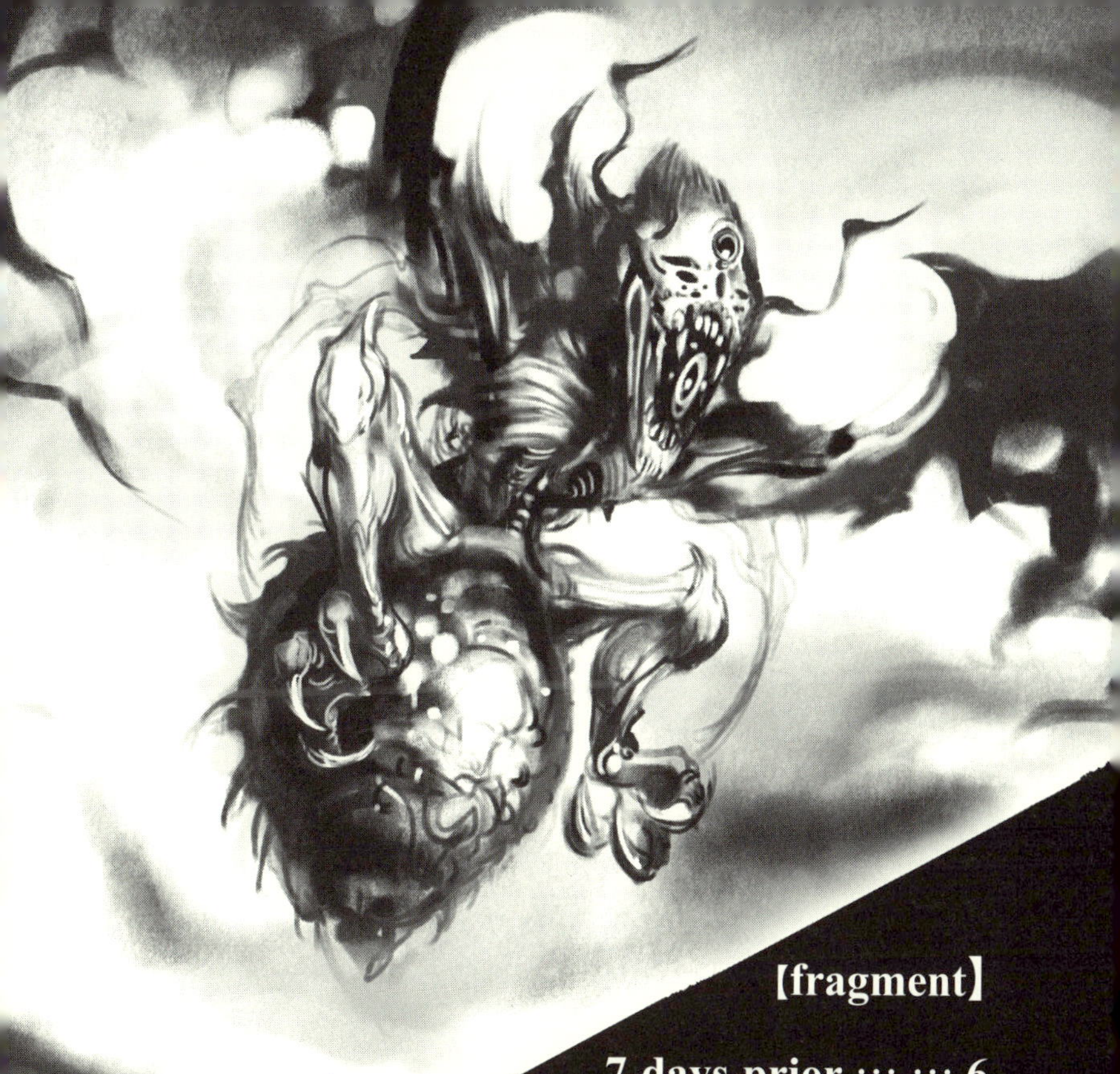

【fragment】

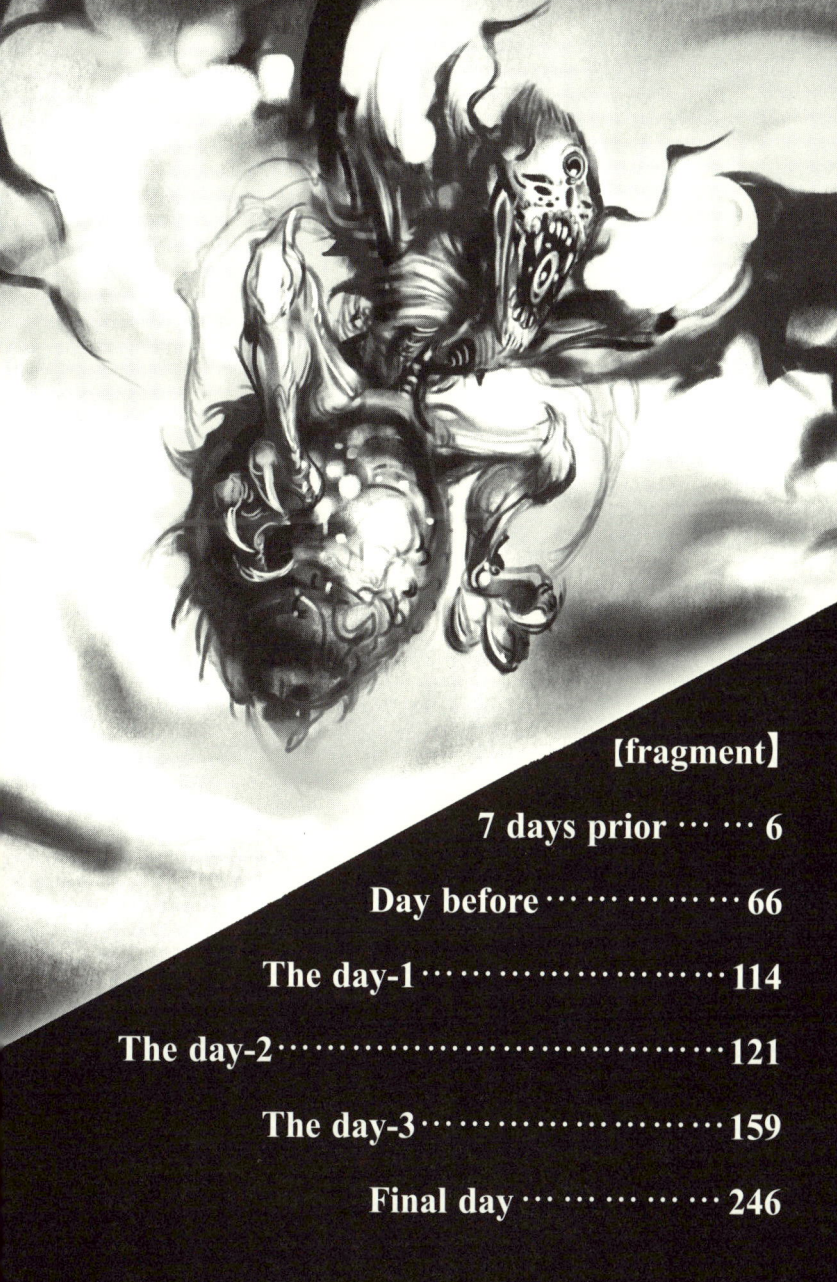

第一部　蠱物《マレフィキア》

【fragment】 7 days prior《七日前》

雑居ビルの一部屋で、山里は受話器を置いて考え込んでいた。煤《すす》けた蛍光灯が煤けた明かりで照らす小さな不動産事務所だ。この古ぼけたビルも彼の持ち物だった。

テーブルの上に一枚のプリントが置かれていた。町会長宛に郵送されてきたものだ。プリントには『不発弾処理のお願い』と見出しが書かれてある。

掌を叩きつけるように紙を押さえると、くの字に曲げた人差し指の爪で神経質に机を叩き始めた。

カツ。

自分の立てる音で自分が苛立つ。

さっぱりわからん。

山里は呟《つぶや》いて、かなり後退した生え際を爪で掻《か》いた。

不発弾処理のために、この範囲の人は何時から何時まで避難してほしい、という内容のプリントだった。この時間通りなら、ほぼ二十四時間家を空けなければならない。つまり一泊してこいということだ。しかも、その日まであと七日しかなかった。あまりにも急だったので役所に問い合わせた。

すると、そんな指示はしていないと言う。市役所以外のところで指示が出ることはあるかと訊ねると、よくわからないと言われた。

いたずらなのかと思ったが、その判断を町会長の自分だけでしてしまうのはあまりにも早計だと考えた。

プリントには質問があった時の電話番号が書かれてあった。そこに電話してみた。すぐに地区担当と称する人間が出てきた。役所に連絡したというと、それは役所を通してないんですよ、とことともなげに言った。

その不発弾は非常に特殊なもので、アメリカ軍が直接回収することになっている。国家規模の話なので、到底市役所などでは処理できない。当日は米軍の協力を得て交通閉鎖なども行われるが、それまでは秘密にしていて欲しい。

そのように頼まれた。

あまりのことに即答が出来ずにいると、それでは今から説明にうかがいますのでと言って電話は切れた。

すぐに来ると言ったが、正確な時間を聞いていない。

時計を見る。受話器を置いてから十分ほどしか経っていない。

待つしかないか。

呟いて溜息《ためいき》をついた。

ふっ、と意識が遠のく。

一瞬のことだが、息とともに命の一部が抜け出たような気がした。

十日ほど前からどうにも体調が悪い。ときどき酷《ひど》い目眩《めまい》がして足元が定まらない時がある。病院に行ったら疲労だと言われた。そろそろ無理の出来ない年齢になったんですよ、と山里よりも年下の医者はそう言って笑った。結局何の役にたつのかわからない薬を大量にもらって帰ってきた。

ついさっきのことだ。

帰ってポストを見るとそのプリントが入っていたというわけだ。

プリントの横に置かれているのはコンビニの弁当だ。

四年前に離婚した。

妻は息子を連れて出て行った。慰謝料を分割で支払うことになり、さらにまだ幼い息子のために養育費も支払わなければならない。

　何で自分に背《そむ》いて出て行った人間にこんなに金を払わなければならないんだ。

　山里はそのことを考えると今でも怒りのあまり握った拳が震える。何とか支払わずにすむ方法を知人の弁護士と話し合っている最中だった。そういった無駄金を使うことがこの世で一番腹立たしかった。

　こんなことで腹を立てているのも馬鹿らしい。山里はそう思い、落ち着け落ち着けと自らに言い聞かせながら、ポットから急須にお湯を注ぐ。湯気が上がり、番茶の香ばしいにおいがしてきた。いいぞいいぞと呟きつつ、コンビニの袋から弁当を取りだした。普段はそんなことを気にしたことがなかったのだが、袋が立てるがさがさという音が神経に障《さわ》る。やはり体調が優れないからだろう。食欲もさほどなかった。が、この時間に食べることにしているからこの時間に食べる。彼は一度立てた予定を変えるのを嫌った。いずれにしても、この時間に客が来ることはまずない。この間に食事を済ませることが合理的で無駄がない。だから食べる。食欲とは無関係だ。言い訳でもするようにそんなことを考えながら弁当を開く。

　割り箸を割って、冷たくなった弁当を食べ始めた。冷えた飯がひとかたまりの餅のようになっていた。それを一口分箸で切り分け口に入れる。椅子に座り目を下に向けると目が回りそうになった。涙を堪《こら》えるかのように上を見て冷えた飯を噛む。美味《うま》いとはどうしても思えない。コンビニの弁当に何の恨みもないが、体調の悪い時に食べるコンビニ弁当はどこか虚しい。半分も食べないうちに箸が止まった。溜息をつきながら、またプリントを見る。町内が太い線で囲まれていた。

枠内にある世帯数分のプリントがポストに入れられていた。回覧板で回せばすむことかもしれないが、さすがにことがことだ。伝えていない町民がいて、それでもし事故でもあったら、すべての責任が自分に掛かるだろう。

そんなことはあってはならない。

どうやってやろうかとあれこれを考えるだけでまた溜息が出る。

町会長はいろいろと役得があるからこそやっている。当然ながら得にならない仕事は一切したくない。そんなやり方をしているから、いろいろと陰口を叩かれる。そのことは本人も知っていた。が、評判がどうあれ三期に渡って町会長を務めている。きちんと民意を得ているのだ、と山里はことある毎に周囲の人間に言った。だいたい他に町会長をやろうという人間が出てこないのだから仕方ない。本気でやれば本当に大変な仕事だから、誰も立候補しないのはある意味当然だろう。それをしてやっているのだ。何を文句言われる筋合いがあろうか。誰に責められたわけでもないが、そんなことを頭の中でひとしきり力説した。

「こうやって雑用を引き受けてやっているのだから、それなりに美味《おい》しいところがなければやってられんぞ。……それにしても、よりによって不発弾処理か」

細かい文字を見ているとまた目が回りそうになって、山里はそれをテーブルに置いた。

ノックの音がした。

「はい、どうぞお入り下さい」

眉間《みけん》を揉《も》みながらそう言って顔を上げる。

扉を開けて入ってきたのは若い女性だった。

「いらっしゃいませ。どんな物件をお探しでしょうか」

言いながら食べかけの弁当を脇へと片付けた。

簡素な白のワンピースを着た女だ。髪は黒く長い。職業の予想が出来ない。あえて言うなら芸術家タイプか。

愛想笑いを浮かべつつそんなことを思っていると女は言った。

「不発弾処理のことで電話をいただいたんですが、こちらで間違いないでしょうか」

なんだ、そっちの方か、と納得しつつ頷《うなず》いた。

かちゃりと音がした。

女が後ろ手に扉の錠を掛けたのだ。

不審に思いはしたが、問いただすようなことでもない。だが、慌《あわ》てて熱いお茶を呑み下した時のようなちょっとした違和感と不快感があった。

「なんだかややこしいことを電話で言ってましたが。米軍が関わっているとか」

「ああ、それは嘘です」

そう言うと、女はするりとワンピースを脱いだ。

足元に蛇腹《じゃばら》のようになって服が落ちる。

女は全裸だった。下着一枚身につけていない。

白い裸身がぼんやりと光を放って見えた。

山里は眠りに落ちる時のように、ぐらりと身体が崩れた。

眩暈だ。

テーブルを掴み、身体を支える。

そうしないと椅子から滑り落ちそうだった。

「あんた、一体何をしてるんだ」

女は自分の乳房を下から押し上げ、吐息《といき》を漏らす。

首筋にタトゥーで黒々と文字のようなものが描かれていた。

「何をしている」

山里は繰り返した。

「楽しいこと」

事務所の蛍光灯が点滅した。

じいじいと夏の虫のような音がする。

女の白い肌は、明滅する明かりの下でずっと白く輝き続けている。

「なんだ。これは……なんだ」

「十日前からあなたは霊的攻撃に晒《さら》されてきた」

女は山里の横に来ると、彼の座っている椅子の下から奇妙なものを取りだしてきた。長い黒髪と紐を織って作ったペンダントのようなものだ。

「今日でそれが完成するの」

髪の束を山里の顔に叩きつけた。

女が馬のように歯をむき出した。

その額や首筋から黒く流れる何かがある。

血が流れているのか。

最初山里はそう思った。

それはだが、血ではない。

墨汁のように黒い汗だ。

やがてそれは全身の肌からじわりとにじみ出てきた。

黒雲のようにそれが白い肌を覆《おお》っていく。

蛍光灯は明滅を続けていた。

山里は頭がふらふらしてまともに前を見ることが出来ない。

とうとう椅子に座っていることも難しくなった。

ずるりと床へと滑り落ち、椅子にしがみつく。

女の身体を包み込んだ黒い汗は、すぐに乾いて薄い膜になる。

膜の上にまた汗がにじみ流れ、黒い膜は幾層にも重なっていく。

腰や胸の周りで黒の粘液は襞《ひだ》をつくって固まり、ドレープ状になった。

黒い襞はロングドレスとなって女を包む。

ぬめぬめとそれは嫌らしく光っていた。

床にぺたりと座り込んだ山里の横に、黒い女はしゃがみ込んだ。

「何も怖れることはないの」

山里の頬を、女は両掌で押さえた。

山里は何かを期待した目で女を見上げた。

女の目は膿《うみ》のように黄色く濁《にご》っている。そして瞳は横一文字に空いた黒い隙間《スリット》のようだ。

山羊《やぎ》だ。山羊の目だ。

山里はそう呟いていた。

口にすると楽しくなった。

へらへらと笑いながら山羊だ山羊だと呟く。

女は頬を押さえて両手の親指を男の口角から押し込んだ。

差し入れた両手の親指で口腔をかき混ぜる。

白濁した唾液《だえき》が驚くほど大量に唇から溢れて顎《あご》に伝う。

そして女は突き入れた親指で山里の唇を左右に押し広げた。

考えられないほど、口は大きく広げられた。


女は容赦なく両手をその口の中に押し入れた。

泥を裸足《はだし》で踏みしめるような音がした。

火花を散らして蛍光灯が破裂した。

部屋は闇に包まれた。

§1　禍機《ダムヌム・ミナトウム》

1

この街では誰もが声高に喋る。男たちは始終怒鳴っている。女たちは金切り声を上げてそれに抗議する。まるで音の大きさを競っているかのようだと、慣れぬ者は思う。それはなんの比喩《ひゆ》でもなく、本当にそのまま真実だ。この街では大きな声を出した者の意見が通る。だから誰もが誰よりも大きな声を出そうとする。ここはそんな街だった。

葉車《はぐるま》俊彦は寡黙《かもく》な男だった。自慢をせず愚痴をこぼさない。誰もがやりたがらない仕事を引き受け、日の当たる場所は人に譲る。生真面目に生き、その生き方に誇りを持っていた。つまりこの街にいる限り人に足蹴にされ続けるということだ。

「葉車《ギア》！」

若い女がそう言って近づいてきた。男たちは振り返り声を掛け、女たちが舌打ちした。派手な顔立ちに砲弾のような胸。洋物のポルノムービーの主役を務められそうな容姿は、このような繁華街でなくとも人目を引くのに充分だった。だが彼女が声を掛けた人間が黒く重い外套《がいとう》を着ているのを見て、男たちは目を逸《そ》らした。悪しきものが教会を避けるように。それでもまだ未練たらしく女を覗《のぞ》き見ている者もいるが、それ以上何をするでもない。少なくとも軽々しく声を掛ける気は失せたようだ。

彼女は缶ビールを両手に一個ずつ持っていた。

「仕事中の飲酒は禁止事項だ」

女を見もせずギアは言った。彼は後ろ手を組んで、仁王立ちだ。

「もし禁止事項でなかったとしても、昼間っから仕事中に飲酒などもってのほかだ」

すみませんねえ、と呟きつつも女はプルトップを開き、喉を鳴らしてビールを飲んだ。

「龍頭《りゅうず》、アルコールは悪徳だ」

ギアは娘を諭《さと》す父親のような顔で言った。

が、龍頭と呼ばれた女はそれを無視し、さらに缶を仰《あお》ぎビールを飲み干した。

ギアの着ている外套は革製で分厚《ぶあつ》く、あまり桜の季節を過ぎてから着るようなものではない。だが規則では今月いっぱい、この制服を着なければならなかった。が、団体行動以外でこの特殊な外套を着ているのはギアぐらいのものだ。つまり葉車俊彦はそういう男だった。

「ギア、もうちょっとゆるくいこうよ」

そう言いつつ龍頭は周りを見回し、きちんとゴミ箱に空き缶を捨てた。

ギアはポケットからタバコを一本取り出し、紙マッチで火を点ける。

タバコの先がオレンジに輝き、ぷしぷしと火花が散った。

「煙草はどうなの、ギア。悪徳じゃないの」

「悪徳だ」

喋ると声に合わせて煙がたゆたう。まるで凝《こ》った香炉《こうろ》のようだ。

「だが勤務中に禁止されているわけではない」

「あのさあ、堅苦しいことばっか言ってると、また酷《ひど》い目に遭うよ」

「守るべきものは正義だ。そのために酷い目に遭うのなら、悪いのは俺ではなく酷い目に逢わせる方だ」

「まあ、それが正論なんだけどさ」

ギアは背筋を伸ばし、じっと前を見ていた。

「何見てるの」

「悪徳」

龍頭がギアの視線の先を見る。禿頭《とくとう》の大男がいた。後頭部にムー大陸で使用されていたとされるナアカル文字のタトゥーを入れていた。

「非合法結社のものね。確か《黄衣の風》」

「奴はナンバー2のビヤーキー。危険呪法行為致傷罪で指名手配されている」

そう言うとギアはタバコを携帯の灰皿で揉み消してポケットにしまった。

「ああ、ホテル・セイレム事件ね。たちの悪い男だよ。強姦魔の上に憑依《ひょうい》体質の化け物だ」

ギアが嫌そうな顔をする。

「悪い。ギアも憑依体質だったね。で、どうする」

「俺が結界を張って奴を憑依できないようにする。龍頭が手錠を掛ける。それで終わりだ」

「なるほど。それは簡単だ」

もう一本の缶ビールをギアのポケットにねじ込むと、龍頭はベルトに差した鉄の棒を取り出してびゅんと振った。小気味良い金属音がして、長さが三倍ほどに伸びる。色は鮮やかな青だ。

ギアは人差し指と中指の二本をぴんと伸ばす。これは刀を意味する指印《ムドラー》だ。この《刀》で目の前の空間を縦横に切りながら呪句を唱える。一声毎に熱が生まれ、その熱は波紋となってギアの周囲へと広がった。

男は人相の悪い男たちと立ち話をしていた。誰を見ても、昼間からあまり見たくないような顔ばかりだった。だからといって夜に見れば恐ろしさが倍増するだけだろうが。

龍頭が走り出した。

ギアは両手の指を複雑に組み合わせ指印を結びながら男たちに近づく。

男たちが二人に気づいた。

いきなりビヤーキーが背を向け逃げ出した。

そこにいた男たちが、彼を守るように立ち塞がる。

印を結び終えたギアは、駆け寄りながら手帳を取りだし掲げた。

「呪禁局のものだ！」

手帳を出す以前に、ヘブライ語の聖句がびっしりと刻印された特徴的な外套で男たちは気がついているだろう。でなければ、ビヤーキーが逃げ出したりはしない。だがこれは規則だ。逮捕の前に呪禁局特務官は身分を提示しなければならない。ギアにしてもただ規則だからそうしただけで、そんなことで男たちが畏まりましたと頭を下げるとは思っていない。

手帳を掲げた時にはもう男たちは目の前だ。

先頭の男が一歩前に踏み込んだ。

同時に固めた拳を、ギアの顎へと突き上げる。

顎を打ち砕く勢いだ。

が、拳は空を突いていた。

そこにあったはずのギアの顔が、目の前にあった。

ギアはぴんと伸ばした二本の指で男の額を突いた。

それだけで男は電池の切れた玩具のように動きを止めた。

一歩前に踏み出し拳を振り上げた、その姿勢のまま凍ったように動かない。

何が起こっているのかわからぬ間にさらに二人の男が蝋人形のように固まって動かなくなった。

残りの一人は、さすがにギアが何をしているのかわかったようだ。

慌てて自分も二本の指を立て刀印を結ぶと、オン・キリキリと真言を唱える。

遅かった。

ギアの刀印が額を突き、男は神妙な顔つきのまま固まった。

ギアは足を早めた。

彼が他の男の注目を集めている間に、龍頭はビヤーキーに追いついていた。ビヤーキーは慌ててポケットからガラスの小瓶を出した。コルク栓を抜き取り、中の黄金色《こがね》の液を一気に飲み干す。

その時、見る間に距離を縮めた龍頭が杖で足元を払った。

鈍い音がしてビヤーキーは転倒する。

ガラスの瓶は落ちて粉々に砕けた。

路面を転がりながら、ビヤーキーは呪句を唱え始めていた。

「あいっ、あいっ、はすたあああ！」

肺を絞るようにして最後の呪句が吐き出された。

立ち上がるビヤーキーに、龍頭は鋼《はがね》の杖を振り下ろす。躊躇も何もない。頭をスイカのように割るつもりだ。

しかし男は落ちる枯れ葉でも受け止めるように、片手でそれを受けた。

龍頭は杖を持ったまま動けなくなった。

押しても引いてもびくりともしない。

杖を掴んだビヤーキーの指が、太く長く伸びていく。その先端には禍々《まがまが》しく尖った爪が生えていた。

ビヤーキーは龍頭を見る。

龍頭が睨《にら》み返すと、彼は歪《ゆが》んだ笑みを浮かべた。

その唇がばりばりと裂けていく。

同時に顔の中心から口吻《こうふん》のように口が前へと突き出し始めた。

泥のように黒い血が流れ、ぽろぽろと歯が抜けた。

抜けたところに次々と鋭い牙が生えていく。

その顔は既に人のものではなかった。

「お嬢ちゃん」

喋りにくそうに舌を動かし、ビヤーキーは言った。

ぼん、とくぐもった音を立てて、背中から何かが飛び出した。

翼だ。

飛ぶことが可能であるとは思えない枯れ葉のようなぼろぼろの翼だった。

その飛べそうにない翼をはためかせる。

足先が地表を離れた。

「サヨナラ」

そう言うとビヤーキーは杖から手を離した。

すかさず龍頭は両手で杖を持ちなおし、宙空《ちゅうくう》のビヤーキーへと突き上げた。

間に合わなかった。

ビヤーキーの姿は弾かれたように宙へと飛んでいた。

一瞬で地上から十メートルも上がっただろうか。

ぼっ、と鈍い炸裂《さくれつ》音をたて、ビヤーキーの肩を何かが貫いた。

バランスを大きく崩したビヤーキーが、旋回しながら地に落ちる。

そこに、彼の肩を貫いたものが落ちていた。

五芒星といくつかのエノク語が刻印された銀貨だ。

その上に落ちたビヤーキーは、立ち上がれなくなっていた。銀貨によって作られた結界が〈霊的怪物〉を捕らえたのだ。

——オンキリウンキヤクウン
背後からずっしりと重く、低く、真言《しんごん》が聞こえてきた。

ギアだ。

ビヤーキーは路面に張り付いて身動きがとれないようだ。

ギアは手を合わせ両の指を石のように固く結ん

で外縛印をつくり、さらに真言を唱え続ける。あらゆる悪しき霊の動きを封じる霊縛法がこれで完成する。

——ノウマクサンマンダ・バサラダンセン・ダマカラシャダソワタヤ・ウンタラタカンマン
ビヤーキーの身体から、しゅうしゅうと墨のように黒い煙が噴き出した。

翼が黒煙となって失せる。

腕も顔も炙《あぶ》ったように泡立ち煙と化し、元の姿へと戻っていく。

「手間掛けさせるんじゃねえよ」

龍頭は怒鳴り、人へと戻っていくビヤーキーを蹴り上げた。

ごろりと転がってうつぶせになるその背をコンバットブーツで踏みつける。

男が呻《うめ》き声を上げた。

「そこまでだ、龍頭」

ギアが何かを投げ、龍頭が片手で受け取った。缶ビールだ。

「ちょっと頭を冷やせ」

龍頭は素直に缶ビールを額に当てた。まだひんやりと冷たかった。

「こいつは薄汚い最低の強姦魔だぞ。命乞いする女相手にこのクズが何をしたかギアも知ってるだろう。あと二、三発殴っても罰は当たらないよ」

「龍頭、また被疑者から告訴されたいのか。結局そんなことをしたらこいつに有利に働くってことを、何度繰り返したら学習してくれるんだ」

「教師みたいなことを言ってんじゃないよ」

龍頭が唇を尖らせて言った。

「実際俺は君の教育係だった」

「ルーキーの頃の話でしょ」

ビヤーキーが足元から逃れようと暴れ出したのを、龍頭はもう一度背を踏みつけてから、後ろ手に手錠を掛ける。エノク語が浮き彫りされている聖別された手錠だ。これでもう憑依は出来ない。

「今はチーム・クロックだろ。相棒なんだから仲良くやろうよ」

ビヤーキーを立ち上がらせ、龍頭は手錠に通したロープを引いた。ふてくされたビヤーキーはロバのようになかなか進もうとはしない。

「家族旅行に連れてこられた中学生男子じゃないんだから、さっさと来いよ」

龍頭が思い切りロープを引いた。倒れるように二、三歩進み、ビヤーキーはニヤニヤ笑っている。

「何がおかしい」

そう言って龍頭はロープを引く。

「偉そうにしてられるのも今のうちだからだ。俺たちの時代が始まったんだよ。もう何をしても遅い。おまえらが虫けらみたいに惨《みじ》めに死んでくのが見えるよ」

へらへら笑いながら、ビヤーキーはそう言った。

2

戦後日本の復興《ふっこう》が魔術によって成されたことは間違いないだろう。

第二次大戦が終息を迎え十年が経った頃にそれが始まった。あくまで噂であったそれが初めて公式に記録されたのは、魔術師と自称していた男が裁判中に魔物を呼び出して裁判官を殺した一九五六年の事件だ。それまで呪殺などというものは不能犯、つまり実行が不可能な犯罪とされ、それ故に呪殺等が直接罪に問われることはなかった。従ってその〈魔術師〉は法廷侮辱《ぶじょく》罪で実刑判決を受けただけに終わった。目前で人を殺しているのにもかかわらず、だ。

いつの間にか世界中で呪術、魔術、まじない、オカルトなどと呼ばれるものが実際に物理的な力を持つようになっていた。しかもそれは正しい術式に基づけば、何度でも再現が可能だった。要するに正しく雨乞《あまご》いをすれば、その時の気象状況に関係なく百パーセント間違いなく雨が降るようになったのだ。もうそれは奇跡でも超常現象でもなかった。

原因は今に至るもわからない。だが理由はわからなくとも、オカルト的な力がすべて有効となったのは紛《まぎ》れもない現実だ。

それは産業革命にも劣らない技術革新だった。そして日本の企業は最も素早くこの新しい技術に飛びつき活用した。各国が自国の宗教、キリスト教やユダヤ教、ヒンズーにムスリムとそれぞれの信じる神にこだわったのに対し、日本はあらゆる宗教を平等に扱ったのが成功したのだ。そのおかげで「何故起こるのか」の究明を早くから捨て、いち早く「どのように起こるのか」が研究された。そのため神の存在という出口の見えない論争に巻き込まれることなく、オカルト的な力を正しく使うための方法だけが純粋に開発された。オカルト技術の研究開発を専門とした工業魔術師《インダストリアル・マジシャン》は、世界に先駆け日本で誕生した。それは各国が僧侶だ神官だ司祭だとそれぞれが利権を奪い合う泥沼に沈んでいく中、現実的な成果だけを指針とし、次々とオカルト関連のインフラを整備していった。

法整備も素早かった。裁判所での事件が起こって一年を待たず、呪的な力を国家が管理することが決定され、内務省の一機関として呪禁庁が生まれた。国を挙げて呪法を産業として開発管理することになったのだ。それから十年も経たないうちに日本は呪法により経済的な発展を遂げ、魔術立国と呼ばれるようになった。その結果諸外国からエコノミック・ゴブリンと悪口を叩かれることにもなる。

しかし一九七〇年には日本で国際魔術博覧会が開かれ、呪法先進国として国際的な地位を確立したのは間違いない。

魔術は二十世紀最後の花形産業となった。同時に科学的思考や科学技術は遅れたものとして考えられるようになったが、かといってそれが消えることはなかった。ロウソクに火を点けるためには、精神集中して長々と呪文を唱えるよりもライターを使った方が早い。科学技術と呪術のどちらを使うかは、効率とコストで決まる。

空中を浮遊したり、瞬間に移動する呪法も存在したが、その準備に数カ月掛かったり、一度しか使えない呪具を手に入れるのに、家一軒建つほどの費用が掛かったりした。つまり内燃機関による交通手段は前と少しも変わらず存在した。科学の成果と魔術とは併存したのだ。

しかし対効率費用などとは別次元に存在するもの、憎悪や悪意、使命感や誇りなどといったものが介在する民族紛争や国家間の対立——つまりは戦争の技術や犯罪の形は様変わりした。

それに対応し国家レベルでは、宗教を度外視《どがいし》し世界百八十三カ国が加盟している国際魔術連合が誕生した。国際魔術連合は大規模破壊呪法監視機構を設置し、この世を滅ぼす可能性がある呪法開発を禁じた。場合によっては軍事的な介入をすることもあった。

そして日本国内ではオカルト犯罪捜査のために呪禁局特別捜査官、通称呪禁官が生まれたのだ。呪禁官はあらゆる魔術、呪法に通じた現代のヒーローだった。

ギアこと葉車俊彦も、彼の相棒である龍頭も、狭き門である呪禁官養成学校を卒業して呪禁官となったエリートの一員だ。

だが住人のほとんどが何らかの形で非合法な職と関わりを持っているこの犯罪多発地区にあっては、尊敬されるよりは煙たがられることの方が多かった。

ビヤーキーを引き連れ歩く二人も、冷え冷えとした視線に晒されていた。下手をするとビヤーキーの身内が襲ってくる可能性もある。相変わらずへらへらと笑っているビヤーキーを引きつれ、二人は油断なく身構えながら、ようやく呪禁局県本部へと戻ってきた。

物悲しい鯨《くじら》の歌声にも似たサイレンが鳴り響いていた。

警戒態勢に入ったことを知らせるサイレンは、目の前にある呪禁局県本部ビルから聞こえていた。

放送局の中継車が道を塞ぎ、報道の腕章をつけた男女がマイクやカメラを持って正門前に押し寄せていた。

数名の呪禁官がロープを張り、それより前に出ようとするマスコミを追いやっている。

ギアたちが手帳を見せながらロープをくぐると、フラッシュがあちこちで光り、コメントを求めてガンマイクが突きつけられた。二人には答えるべき言葉はない。あったとしても言うわけもない。ビヤーキーだけがニヤニヤと笑いながらピースマークでそれに応じていた。

何事が起こったのかわからないまま、二人は大きく開かれた鉄門から中庭へと入った。

そこに黒塗りの大型バスが停められていた。よく見れば同じ黒で描かれた呪符が車体の表面にびっしりと描かれていた。念の入ったことに太いタイヤにまでそれは記されている。まるで車両版の耳なし芳一だ。

これは県本部が高額の予算を費やして完成させ

たばかりの霊的犯罪者専用の護送車だった。

その護送車と本部との間を、制服職員が慌ただしく行き交っている。

「おい、何があった」

すぐ横を通っていく男の腕を捕まえてギアは訊ねた。

「何をしてたんだ。緊急招集の連絡がいってただろう」

ギアはポケットから通信機を取り出す。電源が切られていた。自分でした覚えはない。龍頭を睨むと目を逸らした。

「すまん。気づいていなかった。何があった。教えてくれ」

「ついさっき相沢螺旋香《あいざわねじか》を確保した」

「螺旋香って、あの《アラディアの鉄槌》の首領か」

「《アラディアの鉄槌》の支部を呪法及び呪具取締法違反で踏み込んだら、まさかの大ヒットで螺旋香がいたんだ」

「よく捕まえることが出来たな」

「今日はヴァルプルギスの夜だ。陽が昇っている間は魔女どもの力が一年で一番弱まる。運が良かったんだ。それでもこっちは突入した一個分隊が全滅したけどな」

「ばかな」

「四人死んで八人は病院送りだ。連絡を受けて近県からも駆けつけた呪禁官を合わせてさらに二個分隊を向かわせた。それでようやく確保できたんだ。……で、なんだ、そいつ」

「《黄衣の風》のビヤーキーを逮捕した」

「おいおい、このややこしい時に。そんな奴そこら辺に捨ててこいよ。所詮はただの強姦野郎だろ。螺旋香に比べたら雑魚中の雑魚だぞ。そんなもん何の手柄にもならん。見なかったことにしとけって」

「やめとけ、川上」

「あっ、課長」

皆の着ている外套と同じくらい季節に合っていないスリーピースの背広を着た長身の中年男がそこにいた。手入れの行き届いた白髪と、真っ白の顎ひげ。緊迫した状況にはそぐわない優雅な容貌の紳士は、しかしらしからぬ品のないニヤニヤ笑いを浮かべて言った。

「そんなことを言ってるとこいつに不正を強要されたって通報されるぞ。なっ」

男はギアの肩をぽんと叩いた。

古里織孝夫《こりおりたかお》、特務課の課長でギアたちの上司だ。

「仲間を売るのが得意なんだろう」

古里織はギアの顔を覗き込むようにしてそう言った。

「不正に仲間も友達もありません」

ギアは真正面から古里織の目を見て言った。

「はあ？　ふちぇいになかまもおともだちもありましぇん、っておまえ小学生か。もっと大人になれよ」

「はい」

表情を変えずにギアはそう答えた。その反応を古里織は舐《な》めるように見ている。楽しんでいるのは明らかだった。

「課長、留置場は空いてますか」

そう言ったのは龍頭だ。

「いつも通り満員だ。ん？　そいつか」

古里織はビヤーキーを見た。

「《黄衣の凮》の――」

説明しようとしたギアを遮《さえぎ》って古里織は言った。

「わかった。俺がぶち込んでおいてやるから、おまえは龍頭と一緒に護送車に乗れ。今、未決囚《みけつしゅう》を運び込んでいる。例のグレイプニルに送る予定だった奴らばかりだ」

グレイプニル収容所。それは魔術万博開催時にパビリオンのひとつとして建設された重魔術犯専用の最新留置施設だ。その結界の中では一切の呪法が封じ込まれる。施設は周囲の森林とともに万博閉会後も残され、現在も運用されている。

「もうすぐ螺旋香が運び込まれる。日が暮れればヴァルプルギスの夜が始まる。魔女たちの力が最大になる夜だ。だから螺旋香は必ず日が暮れるまでにグレイプニルに送り込まなきゃならない。陸路で行っても充分間に合うはずだが、もしものことを考えて護送用のヘリコプターで直行する。そっちにも呪禁官が必要なんだ。もううちの特務課にまともに使える呪禁官がいないんだ。猫の手も借りたいというやつだよ。おまえみたいな裏切り者でも、何かの役にたつだろうさ。さあ、護送車に乗れ」

古里織は龍頭からロープを奪い取ると、もう行けと犬でも追い払うように手を振った。

「あのクソ親父」

小声で呟くとベルトに無理矢理押し込んでいた缶ビールを取りだした。プルトップを開けようとする手をギアが押さえる。

「仕事が終わってからだ」

「ぬるくなっちゃうよ」

「あきらめろ」

「それはないよ、ギア」

二人がバスの前でもめていると、背後から「あっ、先生」と声を掛けられた。

振り向くと、三人の少年たちが立っていた。

「稲葉区立呪禁官養成学校三年の田沼啓介です。実地訓練ではお世話になりました」

先頭の眼鏡を掛けた少年は、直立不動でそう言うと深くお辞儀をした。残りの二人が顔を見合わせてから慌てて頭を下げる。

呪禁官養成学校は呪禁官になるための公立の学校だ。ギアは県本部からの要請で、数回魔術実践の教官をしたことがあった。彼らはその時の生徒たちだった。

「もう卒業じゃないのか」

「はい、来年卒業です。今日は修学旅行で本部見学に来たんです」

な、と隣の太った少年を見た。

「そうなんですよ」

太った少年は笑いながら言った。

「そうしたらみんなとはぐれちゃって、みんながどこ行ったか知ってます？」

「こら」

啓介がその少年の後頭部を叩いた。

「その口の利《き》き方を何とかしろ。先生は友達じゃないんだぞ」

――そうだよ、イケちゃん。


インカムのマイクを口元に寄せて、気の弱そうな少年が言った。

「ああ、鬱陶《うっとう》しい。キー坊、すぐ横にいるんだから通信機を使うな」

太った少年が耳を押さえながら言った。三人は耳に引っかけるタイプの同じインカムを着けていた。

「いいねえ、これ」

龍頭が太った少年、イケちゃんのインカムをついて言った。イケちゃんは嬉しそうに説明する。

「通販で買ったんすよ。三人の友情の証に」

「だからその口の利き方をなんとかしろって言ってるだろ」

啓介が叱りつける。

「なんだよ、俺が代表で答えてやってんだろう」

「何を偉そうに言ってんだよ。おまえが急に便所に行くからこんなことになってるんだろう」

「はらいただよ。腹痛。不可抗力だろうが。なっ、キー坊」

　気の弱そうな少年が「う、うん」と頷いた。

「ええい、煮え切らない奴だな。霊的攻撃の魔術図形を刻んだこの短剣《ダガー》の錆《さび》となれ……」

　取りだした短剣を、ギアが掴んだ。

「研修で使ったものだな」

　イケちゃんと呼ばれた少年からこともなくそれをもぎ取った。

「はい、あっ、そうであります」

「確かに秘力《フォース》をチャージしてあるようだ」

　ギアはイケちゃんにそれを手渡した。

「たとえ遊びでも、こんなものを振り回すな」

　首をがくがくと前後に振った。

「それで、みんなとはぐれたのか」

　ギアは訊ねた。

「そうなんです」

　啓介は恥ずかしそうにそう言った。

「この馬鹿のせいでこんなことに」

「誰が馬鹿だよ」

「おまえ以外にどこに馬鹿がいるんだ、馬鹿」

　キー坊が今度は啓介の袖《そで》を引いて、インカムのマイクに囁《ささや》いた。

　――それは言いすぎだよ。

「キー坊！」

　啓介に睨まれキー坊は俯く。

「次の見学はどこ」

　龍頭が訊ねた。

「あっ、はい。今日はこれから逢坂《おうさか》まで移動する予定でした。グレイブニル収容所の敷地内にある呪禁局博物館が次の目的地です。それがこの馬鹿のせいで」

　啓介はイケちゃんを睨んだ。イケちゃんは知らん顔だ。

「学校からはバスで来たのよね」

「はい、そうです」

啓介が答えた。

「学校のバスはこの正門前以外の場所に停めることはないよ」

龍頭に言われて周りを見回してもそれらしいバスはない。

「ということは、おまえたちを忘れて行ったんだ」

龍頭が脅かした。

「ええっ、そうなんですか」

イケちゃんは今にも泣き出しそうだ。

「おまえなんかと一緒にいるんじゃなかった」

啓介がイケちゃんを睨む。

「ぼくたちついてないんです」

キー坊が下を向いて消え入りそうな声で呟いた。

確かに彼が強運の持ち主には見えない。

龍頭がクスクスと笑っている。

「でたらめ言うんじゃない。まともに取ってるだろ」

ギアが言う。

「裏口に回れ。おまえたちがいない間にバスを裏の駐車場に運んだんだ」

「何かあったんですか。大騒ぎになってるけど」

啓介が訊ねた。

「未決囚を護送するんだ。行き先がおまえたちと同じ逢坂だから、それもあって裏口に運んだんだろう。そっちから出ていくつもりだ。さっさと行け。じゃないと、今度こそ本当に残されるぞ」

「ありがとうございます」

啓介はそう言い、二人の頭を押さえて無理矢理お辞儀をさせた。

「じゃあな、がんばれよ」

ギアに言われ、啓介はもう一度深々と礼をして裏口へと向かおうとする。その腕を龍頭が掴んだ。

ぎょっとした顔で啓介が振り向いた。

「な、なんでしょうか」

「頼む。これを」

少しぬるくなっている缶ビールを啓介に渡した。

「仕事終わりまでこれを預かっててくれるかな。呪禁局博物館の見学が終わった頃にはこっちも仕事が終わってるはずだ。おまえのところに必ず取りに行くから、それまで預かっていて」

「はい！」

真剣な顔で返事をして受け取った缶ビールを鞄に詰め、裏口へと駆けていく。

残り二人も慌てて後を追った。

「むちゃくちゃ素直だよね。可愛いもんだよなあ。ギアにもあんな頃があったんだろうね」

「後で必ず取りに行ってやれよ。会えなかったら住所教えてやるから」

「えっ、どうせそこら辺に置いていくって」

「そんなことをする子じゃない。真面目な人間を裏切るな」

「……わかった」

「それにしても、たまたま指名手配の魔術師を見つけたら、未決囚の護送に魔女狩り、さらには本部の見学か」

ギアが呟いた。

「なんか、こういう時っていろいろと重なるよね」

「《黄衣の風》ってのは、魔女宗《ウイッカ》と関係があったか」

ギアが訊ねた。

「《黄衣の風》っていわゆるクトゥルー系だよね。魔術結社としては新興勢力でしょ」

「魔女宗も歴史は浅い。新興勢力ほど太古から続いていることを主張するもんだ。それに第一、我々の扱っている魔術に歴史は関係ない」

すべてが、わずか二十年ほど前に決定した。ある瞬間に線引きがされたのだ。それ以前に存在したオカルト的なものはすべて有効となったが、それ以降に作られたものは、あるいはそれ以降に発見発掘された呪法は力を発揮することがなかった。

これもまた理由は不明だ。

「ビヤーキーが螺旋香と関係があるって思ってるの？」

「指名手配されているような人間が、どうして昼間っから、あんな目立つところでいかがわしい連中とつるんでいたんだ。警官や我々呪禁官も始終パトロールしているところだぞ。捕まえてくれって言ってるようなもんだ」

「わざと捕まったってこと？」

「かもしれない」

「すみませーん！」

護送バスの扉が開いている。そこから職員が顔を出していた。

「あの、お二人が今日護送車を担当してくださる方ですか」

青ざめた顔で職員は言った。

そうだとギアが答えると、満面に喜色を浮かべた。

「よかった。ほんとによかった」

涙目で感謝の言葉を述べ、お願いしますと名簿を挟んだボードを差し出した。

「もう全員が乗っているはずなんですよ。確認お願いします。確認が終われば運転手に伝えてください。そのまま出発です。さあ、こちらに」

ギアと龍頭はステップを上って中へと入った。

運転席には屈強な男が座っていた。着ているのは職員の制服だ。

運転席を含めて四人分の席がある前部と、護送する囚人が入る後部とは扉で分けられている。

「これを」

男は首から提げた鍵をギアに渡した。

「この扉の向こうに――」

男が説明しかけると、気配を察知したのだろうか。様々な声が中から聞こえてきた。

――早く出発しようよ。急がないと皆殺しだよ。

――ここから出してくれ。今すぐ出せば許してあげるから。出さないとハラワタがゆっくりと腐っていく呪いを掛けちゃうぞ。

――おまえに富を約束してやるぞ。ここから出してくれたらな。

誰かがヘブライ語の呪文を唱えはじめた。細かな振動が頭に重く響く。

「外への扉を閉めて鍵を掛けないと、中の扉を開くことは出来ません。それじゃあ、よろしくお願いします」

震えながらそう言った男は、何度も何度も頭を下げると護送車から出て行った。そして後ろを振り返ることなく走り去っていく。

無理もない。

グレイプニルは重魔術犯専用の最新留置施設だ。つまりはそこに運ばれる未決囚も人間離れしたとんでもない奴らばかりということになる。

龍頭が外への扉を閉じようとするのをギアが止めた。

「ちょっと課長に連絡を入れておく」

通信機を出して話を始めた。

「課長、今護送車の中です。実はビヤーキーがわざと捕まった可能性が……はい、了解しました。一応確認だけでも……そうですか。はい、了解しました」

通信機をポケットに入れ、外への扉を閉じて錠を掛けた。

「まったく信じてなかった」

言いながらギアは今受け取った鍵で、囚人たちの入っている扉に鍵を差し入れ、ひねる。

電気錠が重々しい音を立てて開いた。扉の上部にある赤いランプが光り出す。

分厚いスチール製の引き戸だ。

取っ手を持ってスライドさせる。

「ちょっとしたお化け屋敷だね」

後ろから覗き込んだ龍頭が言った。

広い車内に窓はない。すべてが沈んだ鉛色だ。そして壁も椅子も床も様々な呪符で埋め尽くされていた。

名簿を見ながら龍頭が言う。

「点呼するぞ。返事は元気よく」

「引率の先生が来たよ、イペリット」

「楽しみだね、フォスゲン」

ガスマスクをつけた二人の少年がはしゃぐ。両手首は手錠で繋がれ、足は鎖で座席に繋がれていた。

「おまえらが毒兄弟か」

龍頭が訊ねる。

「そうだよ」

二人が声を揃えた。

「ぼくたちもだいぶ、有名になったんだね、イペリット」

「そうだね、フォスゲン。でもこんなことで天狗になっちゃ駄目だよ」

二人は双子だ。生まれて間もない頃から魔術師だった父親に肉体を改造された。あらゆる毒を無効にする護符《タリズマン》を幾つも皮下に埋め込まれたのだ。赤ん坊の爪ほどもない純金のタリズマンは、ただ肉体を毒から守るだけではなく、彼らの身体の中で猛毒を精練する。彼らの着けているガスマスクは彼らを外気から守るものではなく、彼らが有毒のガスを撒《ま》き散らさないためにある。

二人は通っている高校の生徒を一瞬で百人以上殺した。虐《いじ》められたあげくの破壊行為だが、大量殺人ではギネス級の殺人者となった。未成年だが死刑は確実だろう。その裁判を無事に終えるまではグレイプニル収容所で過ごすこととなる。

「今日は逢坂ですよね、先生」

「楽しみだね、イペリット」

「ほんとほんと」

二人とも修学旅行気分のようだ。

「次は鬼頭《きとう》春男」

ギアが言った。

「はい」

手を挙げながら太った男は笑みを浮かべた。

ぽっちゃりとした人の良さそうな顔をしている。

足が鎖で椅子に繋がっているのは毒兄弟と同じだが、両手両脚には鉄製の枷《かせ》が填《は》められている。しかも手枷と足枷が短い鎖で結ばれているため、直立することも出来ない。しかし鬼頭はどこからどう見ても優しそうな小太りの中年男だ。

「六時間置きに注射しろとあるが」

「ええ、私は獣人体質なので、定期的にナノ呪符を注射しておかないと、人でなくなっちゃうんですよ」

申し訳なさそうに鬼頭は言った。

ナノ呪符とはタンパク質を用いて作られる分子サイズの呪符をいう。それを生理食塩水に混ぜて注射することで、さまざまな呪的効果を得られる。鬼頭は獣人体質で、ちょっとした刺激で凶暴な人食いの、しかも不死身の怪物になってしまう。彼はその怪物の時に両手では足らない人間を殺している。判決がどうなるかわからないが、獣人体質の完全な治療方法が確立するまではグレイプニル収容所を出ることが出来ないだろう。

「次、藍寒《ラン・ハーン》はどこだ」

木乃伊《ミイラ》のようにがりがりに痩せた男が手を挙げた。声は出さない。彼は首筋に大きな機械のついたベルトをしている。機械から伸びたコードが、直接首筋に突き立っていた。

　彼は道教の呪法を得意とする武闘派の魔術師だ。父親の持つ中国武術の道場を継ぐことになっていたが、対立する道場との呪術合戦に負け、一度怒りを感じると激しい暴力衝動に我を忘れる呪いを掛けられた。彼は素手で人をあっさりと殺せる呪法と体術を身につけている。不祥事を繰り返しあっという間に暴力団の用心棒にまで身を持ち崩した。

　首の機械は彼の怒りを感じ取ると高圧の電流を流し彼を失神させるように出来ている。

「次、黒田リー」

「よろしくお願いしますよ」

　甘ったるい美貌の男は、龍頭に向かって気取ったポーズで会釈をした。自称魔術のマエストロだ。結婚した女に高額な保険を掛けさせ、次々に呪詛で殺してきた。まだ判決は出ていないから、犯人だとは言い切れないが、結婚詐欺《さぎ》の前科もありこれ以上疑わしい人間もいない。

「この手錠だけでも何とかならないかな。私は無罪なんだ。ちょっとした誤解でこんなことになっちゃって。ねっ、手錠だけ外してもらえるかな」

　龍頭に甘えた声で訴える。龍頭はただ黒田を死んだネズミを見るような目で睨みつけただけだ。

「最後は……行旅死亡人《こうりょしぼうにん》？　まさか本名じゃないだろう」

　男はゆっくりと頷いた。

　白い拘束衣《こうそくい》を着て、体中ベルトで締め付けられている。口にも口枷が填められ、まともに喋ることも出来ない。

　端正な顔の男だった。しかし表情に乏《とぼ》しく、仮面のようだ。青ざめた顔に虚《うつ》ろな穴のような目。中途半端に整った顔のために、よけい薄気味が悪い。

彼については行旅死亡人とだけ呼ばれていて、誰も本名を知らない。殺人を初めあらゆる非合法な仕事を引き受ける、裏世界の便利屋だ。彼に頼めばどんなことでもやってくれる、不可能なことはない、と噂されている、半ば伝説の住人だ。今回は新開発の呪具を盗み出し、匿名《とくめい》の通報によって逮捕された。だが未だその手口すら明確にはわかっておらず、呪禁局扱いになるかどうかもまだ未定だ。誤認逮捕ではないかと囁かれてもいる。

「なるほど」

ギアは名簿を見ながら呟いた。

「これじゃあまるで見世物小屋だ。俺たちも含めてだがな」

その時だった。

ずんっ、と地響きがしたかと思うと、車体が激しく揺れた。

「地震！　地震！」

毒兄弟が楽しそうに叫ぶ。

続いて爆音が聞こえた。

再び車体がぎしぎしと揺れた。

車体にかんかんと何かがぶつかっている。

吹き飛ばされた瓦礫《がれき》がぶつかっているのだろうか。

ギアたちは未決囚のいる部屋から出て鍵を掛けた。

おい、俺たちを見捨てるつもりか、だの、お嬢さん私だけでも助けてよ、などと本気かどうかもわからない抗議の声が聞こえた。

「行くぞ」

声を掛けてギアはバスの外へと出た。

何があったのかはわからない。

間違いないのはヘリコプターが墜落《ついらく》したということだ。ヘリコプターは正面玄関の真ん前で燃えていた。

炎の中のヘリはまるで巨人に踏みつぶされたかのようにへしゃげ、原型をほとんど残していなかった。

すぐに職員が消火器を手に集まり、消火剤を吹きかけた。火勢が衰えるのを見て、制服姿の呪禁官たちが残骸へと突入する。彼らが燃えるヘリコプターの中から引きずり出してきたのは、純白の棺だった。これは強い呪力を持った人間を拘束するための特殊なポッドだ。おそらく中に入っているのは一国を滅ぼす力を持つとも言われている魔女、相沢螺旋香だろう。

一際目立つ禿頭の大男がいた。年齢がよくわからない。黒い外套を着ていると、見知らぬ国の僧侶のようだった。

「棺を守れ。結界を張るぞ!」

男が良く響く声で号令を掛ける。彼はギアたちのいる班の部隊長だ。

その場にいた呪禁官全員で棺を囲んだ。状況もわからぬまま、ギアたちもそれに加わった。

「錫杖《しゃくじょう》!」

号令がとぶ。

ギアと龍頭は折りたたみの錫杖を取りだした。警備に当たっていた呪禁官たちは正式の、身長と変わらない長い錫杖を持っている。

「聖句唱和!」

周囲を囲んだ呪禁官が一斉にヘブライ語の聖句を唱和し始めた。

大気を震わせる波動が清浄な力となって場を浄化する。

ギアは唱和しながら頭上を見上げた。そこにコウモリとも蜘蛛《くも》ともつかない奇怪な生き物が空を舞っていた。その翼はぼろぼろの木の葉のようで、それで飛べるとは到底思えなかった。

「奴だ」

ギアが小さく呟いた。

それはバイアクヘーという邪神だ。別名はビヤーキー。あのビヤーキーが憑依させていたのがこのバイアクヘーであり、あのまま変身を完了させた姿がこれだった。バイアクヘーを憑依させる人間がそれほど頻繁《ひんぱん》にいるとは思えない。今頭上を飛んでいるのは、ギアが連れてきたあのビヤーキーだろう。

――マアァァアル・クゥウウトォオ。

聖句が響き渡る。

バイアクヘーは頭上を旋回《せんかい》するばかりで、近づきもしないが逃げもしない。

――ヴェ・ゲェー・ブラァアアアアア!

――ヴェ・ゲェー・ドゥラァアアアアア!

唱和される聖句は重々しく、大気を振るわせる波動を持って唱えられる。それはただの声ではない。多大なエネルギーを秘め物理的な力を持った呪的な音の網《あみ》だ。

アーメンの声で聖句は終わり、また一から繰返される。

それは「汝、王国、峻厳《しゅんげん》と荘厳《そうごん》と永遠に、かくあれかし」という意味のヘブライ語なのだ。

この聖句の力が場に結界を張り、バイアクヘーは棺に近づけない。そして同時に聖句の力でここから離れることも出来ない。

唱和を続けながら、ギアたちは銀貨を取り出した。

これを指で弾く。

銀貨は物理的な力を越えて飛ぶ。それは聖別された魔術武器であり、悪しきものを目掛けて走る神の猟犬だ。

遥か上空を飛ぶビヤーキーに、全員から投じられた銀貨が集中した。

そのすべてが彼の身体を貫いた。

黒煙が埃のように立ち上る。

恐ろしい絶叫とともに、きりきりと回転しながらバイアクヘーは路面へと激突した。

叩き潰《つぶ》されてもおかしくない高度からの落下だが、怪我らしい怪我はしていない。だがそれでもバイアクヘーは立ち上がれない。唱和される聖句が彼の動きを抑えているのだ。

「消去！」

部隊長の号令で三人が前に出て、落ちたバイアクヘーを杖で打ち据えた。

その一打ちで、ビヤーキーはもとの人間に戻っていた。すぐに手錠が掛けられる。

「今しがた課長から連絡があった。すぐに棺を護送車へ運び込め」

部隊長が言う。

全員で囲むようにして棺を担ぎ上げ、ざわつく未決囚の中を通り最後尾の荷物置きへと運び込んだ。

棺をベルトでしっかりと固定し、呪禁官たちは出て行く。

「葉車と龍頭が乗るのか」

最後に残った部隊長に尋ねられ、ギアは直立不動で「はい」と返事をした。

「我々が護衛につく。なんとしてでもあいつをグレイプニル収容所へ送り届けるんだ」

ギアと龍頭は声を揃えてハイと答えた。

3

県本部を護送車が出たのが午前十時二十分。

ここから逢坂のグレイプニル収容所まで六時間あれば到着するだろう。今日の日没が午後六時二十分だから、順調にいけば日没までに護送車はグレイプニル収容所の結界内に入ることが可能だろう。

　今日はヴァルプルギスの夜。日没から翌日の日の出まで、魔女の力が一年で最も強まる日だ。本来は古代ケルトで行われた春祭の前夜祭であり、魔女たちが夜宴を開くと言われている日だった。

だが魔女の意味が変わってきたように、ヴァルプルギスの夜の意味も変わった。

　現在魔女と呼ばれているのは、キリスト教とヨーロッパ土着の宗教を混交したシステムによって行われる呪法を使う者たちのことをいう。本来は男女の区別がないのだが、今は魔女《ウイッチ》の大半が女性だ。これら魔女術を学ぶ魔女宗は、ほとんどが自然崇拝《すうはい》的なエコロジストたちの団体であり、どこの国でも政府が認定する安全な魔術結社である。

　しかし《アラディアの鉄槌》を初めとしたいくつかの魔女宗は反知性、反人道主義を掲げ、近代的な価値観を破壊するために過激なテロ活動を行う指定非合法魔術結社だ。指定された結社に所属している事実だけで逮捕が可能となる。

《アラディアの鉄槌》はその中でもとびきり過激で危険な団体だ。その活動は悪徳と悲惨をこの世に広めるために行われ、人の美徳を嘲笑《あざわら》うためだけに殺人や食人を伴う生け贄の儀式を行う。しかも加入儀礼で霊的な身体改造を徹底的に行うため、メンバー全員が怪物的な呪力と肉体を手に入れている。

　この《アラディアの鉄槌》を築き上げた相沢螺旋香は身体の中に異界との通路を作り出したと言われており、国際魔術連合が大規模破壊呪法――つまりこの世を滅ばしかねない呪法をものとした魔女として国際指名手配されていた。

　螺旋香を乗せた護送車は、起爆可能な戦略核兵器を運搬している以上に危険な状態なのだ。

護送車の後ろを黒塗りのワンボックスカーが整然と並んで四台、追ってくる。霊柩車《れいきゅうしゃ》と揶揄《やゆ》されるこれは霊的防御処理が施された呪禁官部隊用の遊撃車だ。黒塗りの大型車が五台並んでいる図は、たとえ日中であっても禍々しいものを感じさせた。

その情景に合わせるように鴉《からす》の群れがうるさく鳴いていた。

ギアはスモーク処理された窓越しに空を見上げた。薄く青灰色《せいかいしょく》に色づけされた空を、数十羽の鴉が護送車を追ってくる。

「場所はばれているな」

ギアが言った。

その鴉は使い魔と呼ばれる魔女たちの生きた魔術道具だ。おそらく強大な呪力を持った螺旋香の霊的痕跡を追って尾行しているのだ。そしてその位置は逐一《アラディアの鉄槌》の元へ届けられているのだろう。

「襲ってくるかな」

龍頭はあくまで楽しそうだ。

「このままってことはなさそうだ」

「あまり怖ろしいことを言わないでくれよ」

情けない声でそう言ったのは運転手だ。牛でも絞め殺しそうな巨躯《きょく》の男だ。大きなハンドルがまるで玩具のように見える。熊も怖れて逃げ帰りそうなその男が震えていた。彼は呪禁官ではない。呪禁局勤めの職員に過ぎない。螺旋香を積んだ時点で、今回の任務はかなり荷が重いものとなった。

「大丈夫。俺たちに任せろ、呪禁官は魔術戦のプロだ」

ギアがそう言ったのを聞いたかのように、後続の呪禁官たちが唱和を始めた。カバラ十字の祓《はら》いが始まったのだ。これでこの場を聖別できる。用途は様々だが、聖別とは霊的な力で祝福し、場所や道具を清めることを言う。

今は頭上の使い魔たちを追い払い、なおかつその力を封じる為に行っていた。

「速度を上げろ」

ギアが言った。

「今なら振り切れる」

よっしゃ、と己に言い聞かせるように気合いを入れ、運転手はアクセルを踏み込んだ。

比較的道路が空いていたのもついていた。不吉な鳴き声が後ろへと消えていく。

「とりあえず危機は去ったかもね」

龍頭は運転手の隣に座り、その肩をぽんと叩いた。運転手が引きつったような笑顔でそれに答えた。

「あいつも魔法で何とかならないのか」

運転手が前を見て、言った。

鉄パイプを山のように積んだトレーラーが前を塞《ふさ》いでいた。

護送車はずっと緊急のサイレンを鳴らしている。

護送車が後ろにいることはわかっているはずだ。

それなのにトレーラーはかなりゆっくりと走っている。

運転手がマイクに手を伸ばした。緊急車両が通るので路肩《ろかた》に寄せろと言うつもりだろう。

が、その手を龍頭が掴んだ。

「ちょっと待って」

「ああ、そうだな」

龍頭の考えを見越して、ギアは言った。

「ちょっと車間距離を取って前の車から離れてくれるか」

「速度を落とすのか」

「そう」

「また鴉に追いつかれないか」

「それよりも前の車に近づく方が危険だ。少し車間距離を開けて、それから機会をみて追い越し車線から――」

悲鳴のようなブレーキ音とともに、トレーラーの太いタイヤが黒煙を噴き上げた。

前の車が急ブレーキを踏んだのだ。

ゴムの焦げるにおい。

路面に残る真っ黒の軌跡《きせき》。

荷台が横滑りし、ゆっくりとくの字に折れる。

いわゆるジャックナイフ現象だ。

長大な荷台が円を描き車線を塞ぐ。

運転手は力一杯ブレーキを踏んだ。

鼓膜《こまく》を削るようなブレーキ音が響く。

後部座席で生真面目にシートベルトをしていたギアは無事だったが、助手席に座っていた龍頭は、フロントガラスにしたたか頭をぶつけた。

スピーカーから未決囚たちの怒声と、狂ったような笑い声が聞こえている。扉の向こうにあるマイクが声を拾っているのだ。

連結部が破壊され、荷台が横転していた。

積んでいたパイプが荷崩れを起こした。転げ落ちた数十本のパイプが跳ね、転がり、護送車へと向かってくる。

二本、三本と鉄パイプを踏みつけ乗り越え、幾度もバウンドしてようやく護送車は停まった。

後続の《霊柩車》はごちゃごちゃと絡み合い車体を擦《こす》り合いながらも無事停止したようだ。

真後ろの《霊柩車》が護送車の後部バンパーに、こつり、と当たる。

それだけで終わったのは、かなり運が良かったと言えるだろう。

ギアは無線機で後続車の無事を確認してから運転手に怒鳴った。

「あそこから前に出ろ！」

ギアは荷台と中央分離帯の間のわずかな隙間を

指差した。

「そんな無茶な」

「奴らが来るぞ」

前を塞いだトレーラーの運転席から、弾かれたように黒い影が跳びだした。

全部で五体。

無線機を掴んで言う。

「葉車です。魔女らしきものが五体、襲ってきます」

「後続部隊に任せて進め」

「ということだ。行け」

「了解！」

バックして背後の《霊柩車》を押しのけ隙間を作ると、倒れた荷台を押しやり乗り越え、ガリガリと車体を削りながら前に出る。護送車は装甲車並みに頑丈な造りになっているのだ。

車体が揺れるたびに、スピーカーから歓声が聞こえた。絶叫マシンにでも乗っているつもりの者がいるらしい。あまりにうるさいので龍頭がスピーカーのスイッチを消した。

再びヘブライ語の唱和が聞こえてきた。《霊柩車》の後続部隊が戦いに備えているのだ。

その声に送り出されるようにして護送車は走る。

その時、頭上で大きな音がした。

何かが上に乗った。

銃声と衝撃音が聞こえた。

どうやらルーフを撃ち抜こうとしているようだ。

が、この護送車は少々の銃撃で穴が空いたりはしない。

そいつは諦めたのだろう。

いきなりフロントガラスに長い髪の女が逆さまに現れた。

そしてぐるりと回転してフロントガラスにぶら下がった。

首筋から耳に至るまで、鱗《うろこ》のようにアンドレッド文字の刺青《いれずみ》が入っている。

女は牙を剥《む》きだして吠えた。

ぴりぴりとフロントガラスが振動する。

「こいつ、入れないよな」

不安そうに運転手は訊ねた。

「おそらくな」

ギアが答えた。

分厚い防弾ガラスは少々のことでは割れない。呪的な攻撃もある程度までは避けられるはずだ。

それでも運転手は左右にハンドルを切って振り落とそうとした。護送車のフロント部分は平坦でボンネットがない。足を掛ける部分はどこにもない。それでも女は驚異《きょうい》的な握力でフロントガラスの枠にしがみつき離れない。まるで巨大なヤモリのようだ。

女は引き攣《つ》る運転手の顔を睨んだ。

怯える運転手の態度を楽しんでからにやりと笑い、今度は額をガラスにぶつけだした。

一度だけではない。

何度も何度も頭突きを繰り返す。

額が割れ、血が飛沫《しぶ》いた。

それでも止めない。

皮が裂け、肉が爆《は》ぜる。

やがて白く見えてきたのは骨だ。

剥き出しになった頭蓋骨を、それでも女は叩きつけてきた。

バットで殴ってもびくともしない特殊なフロントガラスに、小さな罅《ひび》が入った。

罅に入り込んだ血が、赤い蜘蛛の巣模様を作る。

それでもまだまだ小さな穴だ。この女の力では、これ以上拡がらないかもしれない。

しかし女は自らを犠牲にし、わずかでも仲間たちが護送車に侵入出来る隙間を作ろうとしているようだ。

たとえ今、窓を割れなくとも、何人もの仲間が後に続くだろう。

いずれ穴が開くのは必至だ。

護送車の強度だけに頼ってはいられない。

「外に出る」

ギアは言った。

「龍頭はここで待機してくれ。もしかしたら罠かもしれない。扉を開くのをどこかで奴の仲間が待っているかも。俺が出たら扉を閉めろ。何も入れるな」

「了解」

思い切りよく扉を開いた。

扉枠の上部に手を掛け、逆上がりの要領でぐるりと体を回転させルーフへと上がった。

即座に扉が閉じる。

強風をものともせず、ギアはそこに立ち上がった。

重い外套が、肌を切る風にはためく。

錫杖を取り出し、一振りした。

長く延びたそれを手に前へと進み、フロント部を覗き込む。

そこに女はしがみついていた。

女はギアを見上げ、血塗《ちまみ》れの顔でニヤニヤ笑いながら言った。

「おまえはおしまいだ」

錫杖を両手で支え、その顔を容赦《ようしゃ》なく突く。

必殺の一撃を、女は片手であっさりと掴み止めた。

間髪入れずギアは杖を引いた。

と、それに合わせて女が跳んだ。

先端を掴んだそれをそのまま、護送車に叩きつけようと反対側に杖を振り下ろす。

が、錫杖の先端は車体を叩いただけだ。

女は体を躱わし、錫杖の上に猫のように乗った。

ギアは錫杖から手を離す。

その手には三枚の銀貨があった。

指で弾かれた銀貨は、しかしどれも女の手で叩き落とされた。

対呪術戦では抜群の効果を現す銀貨が、紙つぶて扱いだ。

そして女は、脇に吊るしたホルスターから銃を抜いていた。女の手には余る大口径のリボルバーだ。だがさっき女は、これで天板《てんばん》を打ち抜こうとした。使いこなせないとは思えない。

女はギアの顔を見ると、声なく笑った。血の混じった唾液がだらだらと垂れた。

銃口はまっすぐギアの頭を向いていた。

女に躊躇《ちゅうちょ》はない。

無造作《むぞうさ》に引き金を引いた。

刺すような銃火《じゅうか》とともに、風を切る音も圧倒する銃声が響いた。

ギアは引き金を引く寸前に身を屈め、掴んだ錫杖で女の脚を払っていた。

錫杖を持つ右手の人差し指と中指がまっすぐ伸びている。刀印を結んでいるのだ。

足払いを避けて女は跳ぶ。

その間にギアは、縦横に刀印を振る。高速で九字を切り終えた。

女が着地する。

走る車の上とは思えない安定した姿勢で銃を構えた。

二回目の引き金を引く。

これは避けきれなかった。

九ミリの弾丸はギアの脇腹に命中した。

だが防弾仕様になっている外套は弾丸を通さない。通さないが、バットで殴打《おうだ》されたような衝撃を感じていた。

それに耐え斜めに身をよじりながら、それでも女の懐《ふところ》に飛び込むチャンスを得た。

「悪霊妖気退散！」

間合いに入ったギアはそう叫び、両掌《りょうて》で女の肩を突く。

大きく弾き飛ばされた女は護送車から落ちかけ、再びフロントガラスにしがみついた。

その間にギアは、次々と印を結び、真言を唱えた。略式だが悪霊を調伏《ちょうふく》する供養《くよう》法が完成した。これで護摩木《ごまぎ》を焚《た》きあげるのと同様の力を発揮する。

ギアが刀印の先端で女の額を突く。

一拍遅れ女は至近距離で銃を撃った。

ギアはわずかに頭をずらしていた。

危ないところだった。

耳の真横を弾丸が過ぎる。

衝撃波となった銃声に、聴覚を奪われた。

わんわんと耳鳴りがやまない。

水中で殴られ続けている気分だ。

だが問題はそれではない。

女には除霊が効かなかった。

霊的な改造を施した人間なら、正式な供養法を受け刀印を当てられるとたちどころに意識を失う。

だが女は平然と銃を撃ってきた。

何故だ？

思い悩むのは一瞬だ。

錫杖を手に取り、次に女が引き金を引く前にその額を突いた。

悲鳴も上げず女は護送車の前に落ちた。

がたりと車両が揺れる。

タイヤが女の身体を轢《ひ》いたのだ。

後ろを見ると、俯《うつぶ》せになった女の身体から赤黒く体液が流れ広がるのが見えた。

ギアはしゃがみ込んで助手席の扉を叩いた。

扉が開くと、そこから腕が伸びてギアを車内に引きずり込んだ。

すかさず扉が閉まる。

仰向けに転がったギアの胸を足で踏みつけているのは龍頭だ。

「悪い」

足を退け、ギアに手を伸ばした。

「どっちが勝ったかわからなかったからね」

「当然だな。連絡を入れない俺が悪い」

外套を叩きながらギアは言った。

龍頭が噴き出した。

「わかっててやったんだよ。ギアがあんなの相手に負けるわけないだろう」

「だとしても正しい」

ギアはにこりともせずにそう言った。

「車を停めてくれ。ちょっと確認したい」

言われるままに車は停まった。

ドアを開け外に出ると、ギアは倒れている女に駆け寄った。

女は右胸と頭を半ば潰されて、横たわっていた。普通なら生きているはずのない状態だが、ギアは慎重に近づくと横に跪《ひざまず》いた。

一枚の銀貨を取り出す。

親指と人差し指で挟んだ銀貨を、女の身体の上で撫でるように動かしていく。

触れてはいない。

銀貨を検査機として、女の身体の中に埋め込まれた呪符を探ったのだ。

しかしどこからも霊的な波動は発生していなかった。

呪符など埋め込まれていないのだ。

間違いない。これは魔女ではない。少なくとも《アラディアの鉄槌》の構成員ではない。魔女はまず拳銃など使わない。彼女たちは科学技術のもたらすものをすべて否定する。それは霊的に価値の低い卑しいものだからだ。中でも特に過激な《アラディアの鉄槌》の魔女がそんなものを使うわけがない。何しろ彼女たちは霊的進化の頂点に立つために、構成員全員が霊的な肉体改造を施しているのだ。誇りある霊的身体を汚す武器など決して持たない。実際今診《み》る限りでは、女に霊的な改造が施された形跡などまったくない。

いったいこいつらは何者だ。

ギアは無線機を出して後続車に連絡を取ろうとした。ところが無線機からはノイズしか聞こえてこない。続けて県本部にも連絡しようとしたがつながらない。

来た道を見ても後続車は見えない。唱和もここまでは聞こえてこない。

もしこれが魔女の襲撃でなかったのなら。

呪禁官は通常の武器の携帯が許されていない。どんな相手であろうと、使えるのは魔術武器だけだ。そしてよほど特別な事情がなければ、使うのは錫杖と銀貨だけだ。たとえ相手が核兵器を所有していようと、拳銃一つ装備してはならないのだ。最初から武装した人間を相手にすることがわかっていたら、警察に連携を頼む。

相手の持っているのが銃程度のものなら、呪禁官の学んだ逮捕術で何とかなるだろう。だがもし相手が呪禁官を騙《だま》し討《う》ちするために重火器を用いて襲撃してきたら。

この女は向精神薬か何かで、通常の何倍もの身体能力を引き出されていたようだ。おそらく痛みも感じていないだろう。催眠術のようなもので暗示を受けている可能性もある。が、しかし霊的手術を施した魔女じゃない。霊的な力は欠片《かけら》も持っていない。対魔術戦用武器の半分はそういう相手に効果を示さない。

嫌な予感がした。

通信機からは相変わらずノイズしか聞こえない。

試しにギアは真言で祓ってみたが、なんの変化も起きなかった。魔術ではなく、何らかの物理的な方法で電波を妨害しているのだ。

後続車の姿はまだ見えない。

それどころか車が一台も来ないのは、警察が出て通行止めし、事故処理に当たっているからなのか。

後続には三十人以上もの呪禁官がついている。四人の魔女相手なら負けるはずもない。

残された時間のことを考えたら、このまま進むのが正しいだろう。そして通信が出来るようになれば本部に訊《たず》ねればいい。

とにかくギアは護送車に戻ることに決めた。

4

横転した荷台の横をくぐり抜け、激しく揺れる護送車の中で、全身を白い拘束衣とベルトで締め付けられた男がこっそりと口枷を吐きだした。

行旅死亡人と呼ばれている男だ。行旅死亡人とは行き倒れの屍体《したい》のことだ。いくら何でも本名ではないだろう。誰も本名を知らない。呪法を使って殺人を含む非合法な仕事を請け負うことを生業《なりわい》としている。それだけが知られている。しかしその呪法がどのようなものかすら知られていないのだ。

その男が動き出した。

ガスマスクをつけた双子がそれに気がついた。

「あれ、イペリット。あの人何か始めたよ」

「そうみたいだね、フォスゲン。何か面白いことならいいんだけど」

死亡人は扉に近づき、覗き窓に向かって何かを吐きかけた。

褐色の泥が窓一面に張り付いた。

次に死亡人は床に膝をつき、腰を折って祈るように頭を下げた。

ぺたりとその顔を床へと押さえつける。

どうやら大きく口を開いているようだ。

ごぼごぼと、壊れた下水のような音が喉から聞こえる。

「兄ちゃん、気分が悪いのか」

声を掛けたのは隣に座っていた鬼頭だ。人の良さそうな顔そのままの態度だが、両手両足に枷が掛けられており何も出来ない。

「おいおい、小学生の遠足じゃないんだ。気分が悪いならゴミ袋でもかぶってやってくれよ」

嫌そうな顔で黒田リーが言う。甘ったるい顔が不快そうに歪んでいた。同じ車内で吐かれることが本気で嫌なのだろう。

死亡人は少しずつ顔を上げ始めた。

ゆっくりと顔面が床から離れると、その大きく開いた口から金属製の筒が現れた。

ゴボゴボと音を立て、女の二の腕ほどもある太い金属の筒が延々と死亡人の口から伸び出て行く。

死亡人は虫が卵を産み付けでもするように、床に銀色の筒を吐きだしているのだ。

輝く銀の筒には、エノク文字と様々な印章《シジル》が彫られていた。魔術道具であることに間違いはない。

死亡人は予《あらかじ》めそれを腹の中に納めていたのだ。

ぬめぬめと光る銀の筒が優に一メートルを超えた頃、とうとうすべてを吐き出し終えて死亡人は顔を上げた。

満足げに銀の筒を眺める。

それから大きく息を吸って、エノク魔術の聖句を唱え始めた。

「偉大なるアァアアー・エツィー・アァアアアールよ。我の要求すべてを実行せよ」

それは神々の力を借りる喚起《かんき》の儀式に唱える聖句だ。ただし魔法円を作るのに始まり、七行程に分かれる複雑な術式をすべて抜かして、七番目に唱えられる聖句だけを唱えていた。

わんわんと響く低い声の唱和に合わせ、銀の筒は蜂《はち》の羽音に似た音を立て振動を始めた。

と、筒に描かれたエノク文字がひとつ、花弁のように剥がれた。

はらはらと落ちる文字が、意志を持っているように身体をくねらせる。すると水の中の微少な虫のように、文字は宙を飛んだ。

一つだけではない。

二つ、三つと剥《は》がれた文字が飛ぶ。

やがて群れを成した文字が螺旋《らせん》を描き、筒の周りをゆっくりと旋回しだした。

「我が汝の前に施しし、強力な封印にかけて誓うべし、汝が我のためにこれをなすことを」

聖句は一段と大きく、さらに力を持って場を振動させた。

銀の筒が、一瞬にして数千の銀の円盤へとスライスされた。

伸び、ゆがみ、目映い光を放ち、千の輝く円盤が文字の螺旋の中で舞う。

それらすべてが振動し、互いに共鳴し、やがて人型へと姿を整えていく。

天使が喚起されのだ。

呪禁官の持つ五芒星《ごぼうせい》が描かれた銀貨が多くの呪句の代わりを果たすように、あるいはマニ車《ぐるま》と呼ばれるマントラを刻んだ円筒を回すだけで読経《どっきょう》と同じだけの功徳《くどく》があるように、銀の筒はここに至るまでの複雑な儀式をすべて肩代わりするのだろう。煩雑《はんざつ》な魔術を簡略化するための方法は、工業魔術師たちの手によって次々に開発されていた。この銀の筒もその最新の技術を用いた呪具なのだろう。

「我が言葉か、意志か、魔術的儀式によりて汝を呼び出す時には常に、汝は、地の主たちと我が人間の魂との意思疎通の永遠の絆《きずな》にならん」

——なにをもとめる

高速で回転しながら発光するその人型は、生けるものの声ではない声でそう訊ねた。

「自由を」

死亡人が答えた。

——あたえよう

その声とともに何もかもが消えた。

あまりにも唐突に光る天使が失せたので、目隠しをされたように誰も何も見えない。

それから思い出すようにじわじわと光を取り戻していく。

気がつけばみんなの前に灰色のだぶだぶのつなぎを着た男が立っていた。

行旅死亡人だ。

彼の着ていた拘束衣は、それまでの非礼を恥じるように足元に朽ちていた。枯れ葉のように変色し、死亡人が踏むと粉々に砕けた。

銀の筒は再び体内に収納されたのか、もうない。

「ねえ、イペリット。こいつ脱走——」

「しっ、フォスゲン、そこまでだ。騒ぐのはこいつが何をするかわかってからだ」

双子が口を閉ざす。

灰色のつなぎは本部内にある医務セクションで患者に着せられるものだ。危険な未決囚は移動の時など薬剤で眠らせておくことがある。おそらく死亡人は薬液を投与されて、病室からここまで直接運ばれてこられたのだろう。必要充分に投与された薬剤は、しかし出発して間がない今、既に効力を失っているようだった。

整った仮面のような顔の男は、それまでの聖句を唱えた声とは違い、ぼそぼそと囁くように言った。

「今からおまえたちを解放する。ただし逃げるか逃げないかは自由だ。協力しろとは言わない。未決囚は脱走すると罰則があるだけではなく、検察や裁判官の心証を悪くする。ここに居残ればそれは免《まぬが》れるだろう。ただし免罪を望んで呪禁官に協力しようとは考えるな。そんなことをすれば罰則だけではすまない。おまえたちに許されるのは逃げるか逃げないかの選択だけだ」

「何を偉そうなことを言ってるんだ」

一歩前に出たのは黒田リーだ。

「なるほど」

死亡人は黒田を見て言った。

「おまえは女たちに守られていると思っている」

「モテるからね」

何を思ったのか黒田は死亡人にウインクをした。

「だが今彼女におまえを守る力はない」

死亡人は黒田を指差した。

「さあ選べ。私の言うことをきくのか」

「馬鹿馬鹿しい。なんでおまえなんかの――」

死亡人は伸ばした人差し指で黒田の額に向けていびつな三角を描いた。それは彼が喚起した天使AXIRのシジルだ。

黒田の姿が霊力を持つ者だけに見える青白い炎で包まれた。

イペリットがフォスゲンを突《つつ》いて囁いた。

「見えるかい、フォスゲン」

「見える見える。ちゃらいのが天使に息を吹きかけられてるよ」

「こいつ魂のない劣等人種《チャンダーラ》のくせに、天使を召喚するなんて生意気だ」

イペリットは憎々しげにそう言った。

炎に包まれた黒田は、絶叫の形に大きく口を開いている。

声は聞こえない。

炎は音も立てない。熱もない。

しかし青い炎に炙られた黒田は、ふつふつと皮膚を泡立て、青黒い煙を噴き上げた。

皮膚が、筋肉が、煙と化して消えていく。露《あら》わになった腱《けん》も、白い骨も、何もかもが煙となって消えてしまう。すべてが消えてしまうまで、五分と掛からなかった。

わずかに煤けた床に、紙製の人形が落ちていた。親指ほどのサイズだが、よく見れば二本の角のようなものがはえている。しかしこの場にそれを注意深く見ようとするものはいなかった。

「もう一度説明しよう。逃げるか逃げないかの決断をしろ。後は好きにすれば良いが、私に逆らうのだけは止めた方がいい」

カチャカチャと苛立つ音が聞こえている。

死亡人がそれを見た。

音を立てているのは鬼頭を繋いだ鎖だ。

鬼頭は震えていた。震えるたびに鎖が鳴る。

死亡人から目を逸らし、鬼頭は言った。

「あ、あの私いいです。ここにいます。注射とかありますから」

顔は青ざめ、今にも気を失いそうだ。

「ぼくたちは逃げるよね、イペリット」

「当たり前だよ、フォスゲン」

死亡人は二人に近づき、足萎《な》えを癒《いや》す聖人のように手錠と足の鎖に触れた。霊的処置を加えた錠が、あっさりと開いた。

「君はどうする」

死亡人は藍寒《ラン・ハーン》を見る。生気のない沈んだ目だ。

元々の顔が整っているために、余計にいびつに感じる。非合法な世界に棲み百戦錬磨の藍が、思わず目を逸らせそうになって持ちこたえる。

「逃げる。錠を外してくれ」

イペリットたちと同様にあっという間に錠を解いた。

死亡人が藍の首輪に手をやった。

「首輪は俺が自分で取り付けた。これはいい」

死亡人は頷く。

「まだ席は離れるな。扉を開けさせるのが先だ。扉が開いたら、その後は好きにすればいい」

死亡人はそう言うと、また大口をひらいた。顎ががくりと落ちる。まるで蛇だ。

腰を折って土下座するように頭を下げる。

その口からずるりと金属の長い棒が滑り出た。金属製の機械だ。音を立てて次々に出てくる。心なしか死亡人の身体が萎《しぼ》んだように見える。

出てきたのは銃の——重機関銃の部品だった。粘液でべとべとになったそれらを、死亡人は組み立て始めた。

折りたたみ式の三脚《トライポッド》を開き、機関銃に装着する。それに弾帯を差し入れた。弾帯は弾薬を並べてつなげたベルトで、今装着しているのは五十発の弾丸が連なっている。

銃口を扉へと向けて組み立ては終わった。

重いコッキングハンドルを引き、両手でハンドルグリップを握る。一度照準を確認して、人差し指で扉を差した。

どんっ、と扉がなった。

丸太を叩きつけたような大きな音だ。

だが音だけで、扉は揺れもしない。

音は何度も何度も連続して聞こえた。音だけ聞けば今にも扉が壊れそうだが、扉に変わりはない。

それはあくまで音だけなのだ。

死亡人は毒兄弟を見た。
悲鳴を上げろ。
小さな声で言う。双子はすぐに意図を察した。
「助けて！
死ぬ！
殺される！
うぎゃあああぁああ！
迫真の演技だ。
スピーカーから聞こえたのは龍頭の声だ。
「うっせいよ！」
死亡人は首を横に振る。何も言うなということだ。
どんどんと何かをぶつけるような音はさらに大きく、何度も聞こえた。
「静かにしろ、っつってんだろ！」
龍頭が怒鳴る。
死亡人は毒兄弟を見た。
声を揃え二人が叫んだ。
「助けて、お姉ちゃん」
返事はなかった。
少し様子を見てから、死亡人は人差し指をまた扉へと向けた。
音が消えた。
しんと静まりかえる。
死亡人は首を傾げた。
音が聞こえていた。
子供の寝息のような小さな音。
すぐに鬼頭が、それに続いて藍が意識を失った。
気化した揮発《きはつ》性吸入麻酔薬が車内を満たしているのだ。
死亡人は唇に人差し指を当てて双子に見せた。
しばらく待つと、エアコンがうるさく動き出した。ガスを排出しているのだ。
それから正確に十分経過した。

扉の錠が音を立てた。

扉が開く。

死亡人は同時にトリガーを押した。

鼓膜を押し破るほどの轟音《ごうおん》とともに、重機関銃が弾丸をばらまいた。

激しい銃煙《マズル・ブラスト》が視界を塞いだ。

熱い空薬莢《からやっきょう》がたちまち床に山を作る。

すべての弾丸を撃ち終わるまで、死亡人はトリガーから指を離さなかった。

数十秒ですべてを撃ち尽くした。

死亡人は姿勢を低くして扉へと走る。

弾丸は座席をぼろぼろに撃ち抜いていた。

フロントガラスが撃ち抜かれ割れ落ちていた。

扉を出ると同時に内側の扉を閉じる。そうしないと次の扉が開かないことを知っているのだ。

裏切ったな！

これだから劣等民族は！

双子の罵る声を背に、死亡人は外への扉に手を掛けた。

だが彼には扉を開くことが出来なかった。

扉のハンドルを手にした時、顔面をドアに叩きつけられたからだ。

赤黒い血が放射状に散った。

後頭部を押さえつけているのは龍頭だ。

死亡人は背後へと腕を振る。

殴るつもりではない。守護天使に攻撃すべき相手を教えるためだ。

指で天使の印章を描かれた相手はロックオンされる。

一度天使に狙われると逃れることは出来ないだろう。

龍頭には死亡人の背後に立つ天使の姿が見えない。彼女は人並み外れた身体能力を持っており、それを利用した武術系のオカルトシステムの中でなら超常的な力を発揮出来る。だが霊的な力そのものはあまりない。

　霊的な存在を見ることが出来る能力を見鬼《けんき》という。元々は中国の呪法で使う用語だ。中国でいう鬼は角のある日本の鬼とは異なり、霊的存在一般のことだ。神が見えるのもまた見鬼の力である。そしてこの力は生まれつきであるとされ、修行でどうなるものではない。

　龍頭に見鬼の才はない。彼女には天使が見えない。しかし彼女の直感が指差されてはならないと告げていた。そして戦っている時の龍頭は己の直感に素直だ。

　背後に伸ばされた腕を取り、一瞬で関節を決めた。

　ところが死亡人は、締められた腕のことを気にもせず、無理矢理振り向こうとした。

　龍頭は慌てることなく右腕の関節を外した。呪禁官の相手する犯罪者には、信じられない特殊な体質の持ち主がいる。無痛の人間など掃《は》いて捨てるほど相手をしてきた。

　死亡人はだらりとした右腕を捨て置き、左手で龍頭を指そうとした。

　体技《たいぎ》において龍頭に勝るのは難しい。

　指差されてはならないと告げる直感のままに、龍頭は左腕を取って、肩を外した。

　両腕がだらりと下がる。

　もうこれで指差されることはないだろう。

　そう思ったことが油断を生んだ。

　死亡人が龍頭を見て唇をすぼめた。

　一瞬意図を探ったのが間違いだった。

　すぼめた口から、褐色の粘液が飛び出した。

　窓を塞いだ、昆虫の体液じみた褐色の粘液だ。

　それがべったりと顔面にへばりついた。

　両目が塞がれる。

死亡人は体当たりで龍頭を押し離すと、ハンドルを咥《くわ》え外へと繋がる扉を開いた。

護送車から飛び出る。

龍頭は褐色の粘液を拭《ぬぐ》おうとするのだが、手を汚すだけでまったく剥がれない。

その間に動かない両腕を揺らしながら死亡人は走った。

反対車線で青のセダンが扉を開いて停まっていた。

それをめがけて死亡人は全速力で走る。だが両腕が意志と関係なく揺れるため、上手く走れない。

それでも必死になって走る死亡人のこめかみに、何かがぶつかった。

目映《まばゆ》い光を伴い火花が上がる。

光に弾かれ路面に落ちたのは銀貨だ。

ギアが駆け寄ってくる。

黒い外套が揺れる。

まるで疾走《しっそう》する影だ。

ギアには死亡人の背後にいる天使が見える。

銀貨はその天使が弾いたのだ。

ギアは錫杖を振りかぶって跳んだ。

腕を使えない死亡人には避ける術がない。

体をかわそうとしたが、間に合わなかった。

錫杖が肩を打ち据える。

が、またもや火花とともに錫杖が弾かれた。

痺《しび》れるような痛みが手から肩へと走った。

杖は手を離れくるくると宙を舞って落ちた。

ギアは天使の力を理解した。

霊的な攻撃には自動的に霊的防衛がなされるようだ。

落ちた錫杖をそのままに、ギアは拳を固めた。

死亡人の肩を掴む。

振り返った死亡人の顔は、鼻が折れ血塗れだった。

そこに容赦なく正拳を打ち込んだ。

湿った音がして拳がめり込んだ。

のけぞり、死亡人は仰向けに倒れた。

その上に馬乗りになろうとしたギアは銃声を聞いた。

瞬時にどこから撃たれたかを判断した。

反対車線側に停めた青い車だ。

頭を下げ背を向ける。

防弾の外套で頭部を守るためだ。

銃声から刹那《せつな》の時も経っていない間の判断だった。

それを見ていた人間がいたなら、銃声と同時に、あるいは銃声よりも前に背を向けたように見えただろう。

それでも間に合わなかった。

最初の弾丸は肩に当たった。

間髪入れず次の弾丸が背に当たる。

外套のおかげで貫通はしないが、同時に二人からバットで殴られたようなものだ。

息が止まる衝撃に、ギアは前のめりに倒れた。

そこに横たわった死亡人がいる。

倒れながらもその死亡人を盾《たて》に出来る位置に腹ばいになった。

死亡人は身を起こしながらギアの方を向こうとした。

銃撃は続いていた。

二発の弾丸が死亡人の身体を貫いた。

金属的な音がして、弾丸は脇腹の肉を引き千切りながら横へと逸れた。

体内にあった金属の筒が弾丸を弾いたのだ。

そんなことは気にもならないのか、死亡人はギアの顔を見て唇を尖らせた。

すかさずギアは正拳で顔面を打った。

横になったままの不自然な体勢からとは思えな

い重い拳だった。

それは唇を裂き歯を折り、口の中に埋まった。

口腔と拳の隙間から、褐色の粘液が溢れ出た。

ギアが拳を引き抜くと、死亡人は何事もなかったように立ち上がった。

勝ち目がないと思ったのだろうか。

まっすぐ車へと駆けていく。

ギアはその身体を楯に後へと続いた。

立て続けに銃声が聞こえる。

相手は死亡人を撃つことなど気にもしていないようだ。そして死亡人もまた撃たれることを気にしていない。

唐突に銃声が止んだ。

その代わりに聞こえてきたのは緊急サイレンの音だ。

四台の《霊柩車》が走り寄ってくる。

ようやく四人の女を片付けたのだろうか。


《霊柩車》と入れ違いにセダンが逃げ出した。

それを追う死亡人の脚を、ギアは背後から払った。

面白いように転倒した。

腹に大きな穴が開き、そこから金属の筒がのぞいていた。

「霊的な攻撃はするな!」

ギアは近づく呪禁官に向かって喋った。

「天使が自動的に弾き飛ばす」

十人ほどの呪禁官がギアと死亡人を囲み周囲を警戒した。

さらに二人が死亡人に近づき、手と足をロープで縛っていく。

部隊長がギアの横に立った。

「遅れてすまん。銃撃戦は想定外だった」

「部隊長」

死亡人をロープで縛っていた一人が言う。

「この男は死んでいます」

言われた死亡人が、呻き声を上げた。

「生ける屍体《リビングデッド》か」

部隊長は一人呟く。

「どこのどういう呪法かは分析官に診てもらわないとわかりませんが、もともと不死者だったということでしょうか」

「かもしれんが」

部隊長はギアを見た。

「捕まえた女から聞き出したんだが、こいつを雇ったのは関東の暴力団だ」

二人の呪禁官が死亡人を抱え起こした。

腹に大穴が開いていた。

部隊長はその腹の中の金属を拳で叩いた。

「死亡人は暴力団の指示でこれを盗んだ。大手の呪具会社から盗み出したエノク魔術用の試作品だそうだ。仮に《塔》と呼ばれている。これ一個で俺たち一個分隊を一生雇える値段で取引されるそうだ。ところがそれを手渡す前にしくじって死亡人は逮捕された。で、奴はグレイプニル収容所に留置される前にそれを暴力団に手渡そうと画策した。女たちはこいつの指示で暴力団側が用意したらしい」

「魔女を装っていました」

「そうだな。首筋の魔術文字も刺青じゃない。インクで書いただけのものだった」

「なんのためでしょうか」

「そりゃあ、螺旋香を奪いに来たと思わせるためだろう」

「螺旋香が乗せられることはついさっき決まったはずです。なのに先に逮捕されていた死亡人が護送車に螺旋香が乗せられることを知っていた。ずいぶん前から知っていないと、あんな女たちを用意出来ません」

「中で手引きしたものがいる、と言いたいのか」

部隊長はギアを睨んだ。

「目的はまだわかりませんが、その可能性は高いですね」

平然とギアは答えた。

「葉車、おまえは誰の味方だ」

「正しい者の味方です」

何の衒《てら》いもなく、ギアはそう答えた。

道を塞いでいたトレーラーはどうにかなったのだろうか。ギアたちの背後を乗用車が走っていく。

歓声が聞こえる。大きなバスが通り過ぎようとしていた。窓から顔を出して手を振っているのは見学に来ていた呪禁官養成学校の生徒たちだ。啓介たちの顔もあった。

ありがとうございました、と声が聞こえた。

部隊長もギアも振り返り、手を振った。

「襲撃があった時、真後ろに奴らのバスが来ていてな。危ういところで大惨事だ。あの女どもを片付けた後、奴らは手分けして事故処理や交通整理を手伝ってくれた」

部隊長はギアを見た。

「あの養成学校の生徒どもに説教するなら綺麗事もありかもしれんが、正義だの何だのと大人の台詞とは思えんな」

「大人が理想を語らないでどうするのですか」

「おまえはあいつらから少しも進歩していないようだ」

苦笑する部隊長に、ギアは真顔で答えた。

「かもしれません」

【fragment】Day before《一日前》

「山里さん、おかしくない？」

手際よく野菜を切り分けながら智子は言った。

「山里さん？」

食卓を前に座り、居間のテレビをちらちら見ながら悟《さとる》は訊ねる。

「町会長さんよ」

「ああ、山里不動産の」

「明日不発弾処理があるでしょ」

「あるの？」

「もう」

料理する手を止めて悟を睨んだ。

「前に回覧板で回ってきたプリント見せたわよね」

「そうだっけ」

「そうだっけじゃないわよ。見せました。しっかりしてよ。あのねえ、明日よ。明日のお昼までにはここを開けなきゃならないの」

「でも不発弾なんか爆発しないよね」

「わからないわよ、そんなこと。それより、山里さん、みんなが一日家を空けるために、自分の持ってるホテルを開放してるのよ」

「どういうこと」

「自由に使ってください、ってホテルを丸々開けてるの」

「それは、なんていうか、豪勢だね」

「おかしいでしょ。息子の入院費用を値切った山里さんよ」

「そうなの？」

「そうなのよ。有名な話よ。そりゃ奥さんも嫌になるわよ。あれほどけちな人が何でそんなことをって思うでしょ」

「もし爆発でもしたらって考えたんじゃないの。避難していない人がいたらそれは町会長の責任になるから、って思ったとか」

「そんな責任感のある人間かしら」

「それで、俺たちはどうするの」

「行くに決まってるでしょ、っていうか、この話もしたよね」

「聞いたような気もするけど、それ、明日なの」

「なの、じゃないわよ。明日よ。あなたは会社でしょ。帰りはホテルの方に行ってよね」

「勝弘《かつひろ》は大学だろう」

「授業は午後からよ。私は買い物に出掛けて直接ホテルに戻るように言ってるわよ。でもあの子、あなたと一緒でほんと人の話を聞いてないから」

「間違って家に帰ってもあんまり問題はないんじゃないのか」

「爆弾がボカンってなったらどうする気」

「それはもうそうなったらどうしようもないけどさあ」

「そろそろ昼ご飯出来るから勝弘起こしてきてよ」

「もう十一時だぞ。ほんとよく眠るなあ。おい、勝弘、起きろ」

　怒鳴りながら悟は二階へと上がっていった。誰もが今日と同じように明日も来るのだと思っていた。

§２　妖変《マルム・セクトウム》

１

「ずいぶん時間を取られたね」

　龍頭は三枚目のタオルで顔を拭きながら言った。タオルの中に、呪禁局製の銀貨を包んでいる。そうやらないと、死亡人が吐きだした粘液は取れなかった。おそらく霊的な物質なのだろう。

　車内に飛び散った粘液も同様にして一通り拭き取った。

「余分に使ったのは四十分ほどか」

　時計を見ながらギアは言った。

「煙草を吸うのを忘れた」

「忘れるぐらいなら欲しくないんじゃないの」

「堪らなく欲しい」

　真剣な顔でそう言う。

「ここで吸えば」

「ここは禁煙だ」

　死神に寿命を告げられたような顔でギアは言った。

「それで結局、行旅死亡人はどうしたの」

　龍頭が訊ねると、ギアは床を指差した。護送車の床下にあるトランクに荷物として詰め込まれているのだ。

　行旅死亡人は呪法から解き放たれ、ただの死者に戻っている。死者の扱いとしては少々手荒いが、こういった存在はいつまた動き出すかもわからないので、道具並みに縛られ動けなくするのは仕方がないのだ。

　魔術が有効となった社会で、一番問題となったのがこういった怪物としか呼べない者どもの処置だった。人工精霊や天使のように、魔術によって一から作り出されたものは、人として扱わないという判例が出ている。たとえ知性を持って会話が出来ても、それは作り出されたロボットと同じだとされる。

ところが憑依や獣人化によって生まれたものは基本が人間であり、可逆的《かぎゃく》に人に戻ることも可能なので人として処理される。

未だに判別のつかないものが新しく生まれてくるが、おおよそこれらのことを基本に、その場その場で裁判によって決定するしか方法はない。

行旅死亡人に関して言えば、人ではないのは明白だ。また、これが元の人間に戻ることもないだろう。今では腐敗の兆候すら始まっている。

一度県本部まで戻って証拠品のひとつとして保管する方法も考えられたのだが、ギアはそれに反対した。グレイプニル収容所には魔術道具を専門に収納する大きな倉庫がある。ギアはいったんそこに運び込むことにこだわった。もちろん死亡人の腹の中から回収された《塔》も一緒にだ。

死亡人を雇った連中がこれで諦めるとは考えられない。もう一度襲ってくるなら、引き返すにしてもそれなりの護衛が必要となるだろう。だがここで螺旋香の護衛を二分するわけにはいかない。警察に頼むにしても、到着を待っているだけの時間的余裕がない。今はよけいなことをせずグレイプニル収容所へと向かうべきだ。

部隊長とはさんざんもめた。警察に捕えた女たちを引き渡すから、その時に警察に渡せばいいというのが部隊長の意見だった。が、警察には呪具を扱うことが出来ない。特にこのような危険な呪具は保管することすら不可能だ。なにしろ黒田リーを一瞬で消し去った呪具なのだ。ギアはそう言って断固意見を変えようとはしなかった。決して口にはしなかったが、県本部に内通者がいるとするなら、グレイプニル収容所以外の場所でこれを保管するのは危険だと考えてもいた。

首を賭けてでも、と主張するギアに押される形で、結局は部隊長も折れた。

本部との連絡も可能になり、大手の呪具メーカーにも連絡は行っているはずだ。

後はただ収容所へと急ぐだけだ。

「あんたらも運転できるんだろう」

運転手は言った。

「じゃあ、もう俺は良いだろう。もうちょっとで死ぬとこだったんだぜ」

背後から銃撃されたのがよほど怖ろしかったのだろうか。あれから運転手は本部に戻りたいとずっと泣き言を言っている。

「おまえも呪禁局に勤める人間だ。それなりの覚悟もしているだろう」

ギアが言うと、男は激しく首を横に振った。

「ないないない。そんな覚悟はないよ。あんた事務職の人間にも同じことを言えるか」

「言える」

即答だ。

龍頭がケラケラと笑った。

「くそ、この仕事が終わったら辞表だしてやる」

苦笑しながらギアは小窓から扉の向こうを見た。

散々騒いだ毒兄弟も、今は静かに座っている。

この双子は、窓が褐色の泥で見えなくなっているのを幸いに、中を毒ガスで満たした。扉が開かれた時の混乱を利用して逃げ出すつもりだったのだ。一緒にいた鬼頭や藍に自分たちのガスマスクをつけさせたのは、せめてもの良心というより、逃げ出す時には暴れる人間が多い方が有利だと考えたからだ。

しかしこの双子を乗せる時点で、さすがにその程度のことは考慮されていた。スイッチひとつでフィルターを通して排気され、中和剤が散布されるようになっていたのだ。

彼らは天井から散布される中和剤でびしょ濡れになっただけに終わった。

ギアは親切にタオルで身体を拭いてやっていた。が、濡れた服はそう簡単には乾かない。エアコンで乾燥した空気の中でも、下着まで乾くのにはそれなりに時間が掛かるだろう。

死亡人の脱走劇から何も起こらないまま新東名高速へ。浜松いなさジャンクションを過ぎたあたりから、助手席に座った龍頭がうたた寝を始めていた。

旅は半ばだったが、それでもつい油断してしまう程度には何事もない時間が過ぎていた。

ギアは生真面目な顔でじっと正面を見ていた。彼にはいくつか気掛かりなことがあった。

ひとつは通信機だ。

何故か通信機の大半が使えなくなった。最初はまた龍頭の仕業かと思った。朝飯をゆっくり食べたくてこっそりスイッチをオフにしておいたという今朝の前科がある。すぐに訊ねてみたが、さすがにそこまで馬鹿なことはしていなかった。第一、不通になったのはギアの通信機だけではない。すべての通信機が使用不能になっていたのだ。壊れているのではない。いくら何でも一斉にみんなの通信機が壊れるとは思えない。妨害されているのだろう。そう思い、銀貨に紐をつけたものでダウジングを行った。その結果それぞれの車体から一つずつ電波妨害の小さな器具が発見された。通信機が使えるようになって、ギアは直接本部に現状を報告した。死亡人のことも死んだ黒田リーのこともその時課長に告げたのだが、ギアは何もかも報告することを少し躊躇した。

誰がこんなことをしたのか、と考えたからだ。外部の者には難しいことはすぐにわかる。行旅死亡人が関係しているのかどうかもわからない。床下の生ける屍体に尋問している時間もない。訊ねて答えるとも思えない。

次の疑問はビヤーキーだ。

ビヤーキーがあのタイミングで捕まったのは、間違いなくヘリコプターを襲うためだろう。つまり螺旋香逮捕の情報はその時点で外部に流れていたということだ。もしあれで棺が壊れていたら、螺旋香は逃げ出していただろう。ただしこのことだけでは、内通者の存在を疑えはしない。襲撃した支部から逃げ出した誰かが仕組んだかもしれないからだ。支部が県本部の管轄《かんかつ》であることぐらいわかっていただろう。そしてそこからグレイプニル収容所へと送られるのも想像できたはずだ。グレイプニル収容所ぐらいしか、螺旋香を閉じ込めておける場所はない。そして日が暮れるとヴァルプルギスの夜が訪れ、今の県本部の力では螺旋香を捕まえていることが不可能になることもわかっていただろう。そうなるとヘリコプターでの空輸は必至だ。

しかしそこまで読めたにしても、どうやってビヤーキーが牢を抜け出せたのか、という疑問は残る。

ビヤーキーは魔術師としては初参入者《ニオファイト》といっても良い。邪神といえども神の眷属《けんぞく》を憑依出来るのは、もともと憑依体質であるからだけのことだ。それ以外に呪的な力を持っているわけではない。魔術犯を留置する為の施設から逃げ出せるような力を持っているとは思えない。ましてヘリコプターの到着に合わせて牢を出るなどということなど出来るはずもない。だがもし内部に手引きする者がいたのなら……。

そこまで考え、ギアは首を振る。

確かにみんなの言うように身内を疑いすぎなのかもしれない。あんなことがあったが故の偏見なのかも。

2

今から二年前の話だ。

その頃ギアは呪禁庁本部に勤めていた。各都道府県の呪禁局を束ねる呪禁庁本部に勤めているということは、エリート中のエリートということだ。

ギアは当時から融通の利かない男として有名だった。正しいことは正しいから正しい。正義の実行に微塵《みじん》の迷いもなかった。今も昔もギアはそんな人間だ。そして、そんな人間は警察内部でもなかなか居場所を見つけられない。当時から同僚たちには煙たがられていた。ギアの単純明快さを好む者もいたが、それでも望んで相棒になりたがる者はいなかった。何しろ服装から勤務態度、時には私生活にまでギアは口を挟んできた。長い間一緒にいれば間違いなくもめる。外から見れば面白い人間であっても、仕事を一緒にはしたくない。そういうタイプの人間だったのだ。部隊単位で行動する以外、呪禁官は二人で行動する決まりとなっている。ギアは誰と組んでも必ずもめた。ギアア自身はそういったトラブルを厭《いと》わなかった。何しろ彼は正しいことをしているのだから。しかし相棒になった者は数週間から数カ月で、新しい相棒に交代してもらうよう願い出た。

だが研修生だった時に世話をした龍頭だけは、いくら怒られようと喧嘩《けんか》をしようと、相棒を辞めるとは言い出さなかった。何かとルーズでやることが雑な上、すぐに逆上する龍頭は頻繁にギアに叱られていた。が、彼女が相棒を変えて欲しいと言い出すことはなかった。

決して不正を許さないその態度や自分のやり方への執着《しゅうちゃく》と迷いのなさ。二人はある意味似ていたのだ。そしてそれ故に組織の中では孤立してしまうことも共通していたのだろう。やがて龍頭とギアは時計組《クロックチーム》と呼ばれるようになり、変わり者同士それなりに居場所を見つけた。そして一年が経った。

関東で三番目に大きな魔術結社と癒着《ゆちゃく》している人間が呪禁庁本部内にいる。噂でしかなかったそれが事実であることをギアは偶然知る。相手は次長クラスの大物だった。ギアは龍頭と一緒に徹底して調べ上げた。途中様々な圧力があったが、二人ともそんなことを気にする人間ではない。その結果、呪具の申請のために必要な実験データの偽造を見逃すことで、魔術結社から多額の金が呪禁庁へと流れていたことを突き止めてしまった。

金を受け取っていたのは審議官から室長まで幹部クラスが十五人。国民的な英雄でもあった呪禁官たちの中から出た逮捕者を、マスコミは争って取材攻めにした。関係した人間の家族から友人知人までが報道の目に晒されることになった。そしてとうとう課長職の男が、捜査の手が伸びる直前に自殺してしまう。

ギアが日の元に晒した事件の波紋はあまりにも大きく、呪禁庁は失墜《しっつい》した権威《けんい》を取り戻すのに必死になった。

なんでこんなことをしたのだ。

気持ちの大小はあっても、周囲の者はギアに対してそう感じていた。

理不尽な責めだ。だが理不尽であることをどこかで自覚しているからこそ、その嫌悪を正当化しようとする者は多かった。その結果不正を働いた人間たちよりも、ギアを憎む者の数がずっと多く、その憎しみも深かった。

ギアと龍頭の相手をしようとする者が誰もいなくなった。上から下まで、ついさっきまで先輩、友人、仲間と思っていた人間が皆、ギアたちに背を向けた。まるで子供の諍いのように、口を利こうとすらしない人間も大勢いた。

だがギアは最初から最後まで堂々としていた。針の筵《むしろ》であろう毎日を、決して卑屈にもならず気を落とすこともなく過ごした。何一つ後悔はしていなかった。

自殺した課長の葬儀にも出席し、遺族から罵られた。ギアは、死者への礼は尽くしても、彼のしたことを謝罪はしなかった。何故なら彼は己のしたことを正しいことだと信じていたからだ。

マスコミの過熱報道が多少収まってきた頃、ギアは今所属している呪禁局県本部へと飛ばされた。非合法魔術結社が割拠し、その関係者が住人の大半を占める街だ。おそらく日本で唯一呪禁官が尊敬されない街だろう。

ギアが左遷《させん》されてすぐに龍頭がやってきた。止める人間がいなくなったからだろうか。犯人を逮捕する時にその顎を叩き割って、逆に起訴されたのだ。暴行そのものは示談《じだん》で終わったのだが、その代わり逮捕者自身も不起訴となった。報道こそされなかったが、龍頭は速やかに呪禁庁を追い出されることになった。

かくて数カ月ぶりに、最も魔術犯罪者数が多いと評判の県本部でクロックチームは再開した。その日から悪徳の街でギアたちの苦戦は始まったのだった。

その唯一にして無二の相方が、これ以上もないほど平和な寝顔を見せてヨダレを垂れていた。今となってはギアが唯一心を許せる相手がこの龍頭だった。

「ゼロサンからゼロゼロ」

ゼロサン部隊の部隊長からの連絡だ。

「こちらゼロゼロ」

運転手が通信機を取った。

「下りの草津ＰＡで県警が待機《たいき》している旨の連絡が入った。そこで捕縛《ほばく》した女たちを県警に手渡す。次のパーキングエリアに全車立ち寄る。ゼロゼロも協力を頼む」

「了解」

運転手はそう言って通信機を置くと、ギアたちに「そう言うことだ」と告げた。

運転手がサイドウインドウを開いた。

ギアは時計を見た。あと少しで午後四時になる。

「パーキングエリアまで二、三十分か」

ギアが言うと運転手は頷いた。

「寄り道してもぎりぎり夕暮れまでに収容所に到着できそうだな」

「何もなければな」

何もないことを祈りつつ、とりあえずパーキングエリアには無事到着した。

駐車場に黒塗りの大型車が次々に入ってくる。よく見れば呪禁局の車であることはすぐにわかる。パーキングエリアはそれほど混んではいなかったが、それでもさすがに耳目《じもく》を集めた。

「トイレ、トイレ」

言いながら龍頭が飛びだしていった。生まれてから一度も緊張などしたことがないのではないか。ギアは本気でそう思いながら、続けて外に出る。出ながら煙草を咥える。

それだけでほっとした。

急いで火を点け、貪《むさぼ》るように煙を吸い込んだ。まるで水面に顔を出した溺《おぼ》れかけの人間だ。ニコチンが全身に染み渡っていく間にじわじわと笑みが浮かぶ。見られるといつも龍頭に笑われるだらしない笑顔だ。それから今度はゆっくりと時間を掛けて紫煙《しえん》を吐き出した。

ようやく余裕が出来て周りを見回したが、県警の車らしいものは見当たらなかった。

それぞれに《霊柩車》を停めて、制服姿の呪禁官がぞろぞろと姿を現した。歓声を上げている一団がいる。どうやら呪禁官養成学校の生徒たちもここで休憩を取っていたようだ。無遠慮に写真を撮り始めた生徒が呪禁官にたしなめられていた。

部隊長が近づいてきた。

後ろから黒いドレスの女たちを連れた十二人の呪禁官たちがぞろぞろと付いてくる。

ギアは何かがおかしいと思った。

ただの直感だ。理由は何もない。

煙草を携帯灰皿に押し入れ火を消した。

「おまえのような男でも煙草はやめられないか」

正面に来た部隊長が言う。

「やめる必要を感じていませんから」

「死ぬまでやめられないということか」

「かもしれませんね」

「じゃあ、やめさせてやるよ」

言い終わると同時に、部隊長は外套をはだけてベルトに挟んであった回転拳銃《リボルバー》を手にした。

その銃口がギアの頭へと向けられる直前に、ギアは体を落とした。

が、その時には左右からこめかみに銃を突き付けられていた。

一瞬でギアを囲んだのは黒いドレスの女たちだ。

そしてぞろぞろと呪禁官たちが周囲に集まってきた。銃を突きつけている部隊長にも、手錠を掛けられていない黒いドレスの女たちにも興味がなさそうだ。遠目に見た時にはわからなかったが、その顔は青ざめ生気がない。違和感の原因はそれだったのかもしれない。

「さて、トランクを開いてもらえるか」

額に銃口を向け、ギアを見下ろしながら部隊長は言う。

ギアに言ったのではなかった。扉を開いて運転手が下りてきた。すぐに床下のトランクを開く。

「余計なことはしない方が良い。民間人に怪我をさせたくないだろう」

部隊長はじっとギアを見下ろしながら言った。

ギアの同僚たちがトランクから《塔》を運び出した。初心者がサッカーをするかのようにみんなが一塊《ひとかたまり》になっている。十二人も必要な仕事ではない。見るからに烏合《うごう》の衆だ。様々な難関を越えて養成学校を卒業した呪禁官のエリートとは思えない。

「何を考えている」

「何？　金のことだよ。これで金が入ったら何に使おうかと思ってな」

「みんな買収されていたのか」

「まさか」

部隊長は笑った。

「呪禁局はそこまで腐っちゃいないよ。こいつらの話に乗っかったのは俺だけだ」

部隊長は顎で女たちを差した。

「じゃあ、あの呪禁官たちは……」

「この季節、車の中でもその制服を着ているのはおまえぐらいだよ」

ギアに向けられた銃から、硝煙《しょうえん》のにおいがする。すでに弾丸を撃った後だ。

「……殺したのか」

「油断してたみたいだな。女たちと一緒にやったら一発で勝負が決まった」

あの鈍重《どんじゅう》な動きの同僚たちは、死者だ。

死亡人とされていた男と同じ、呪法によって蘇《よみがえ》った死者なのだ。

「裏切り者」

吐き捨てるようにギアは言った。

「おまえにだけは言われたくない台詞だな」

「屍体使いはおまえだったのか」

「俺はたった今仲間に加わったばかりだ。本物の行旅死亡人は別にいる。さ、これで納得出来たかな」

部隊長は引き金に指を掛けた。

ギアは目を閉じている。怖ろしいからではない。次の一瞬のために意識を集中しているのだ。一秒の何百分の一の間に『汝王国峻厳と荘厳と永遠にかくあれかし』とヘブライ語の聖句が幾度も脳裏で唱えられる。

その時あらゆる精神集中を反故《ほご》にしてしまうような、龍頭の暢気《のんき》な声がした。

「おい、おまえら何をしてんの?」


《霊柩車》に《塔》を運び入れようとしている呪禁官たちに近づいていく。

それに向けて黒いドレスの女が二人、銃を抜いて駆け寄っていく。

部隊長の視線がギアから外れた。

刹那、ギアは立ち上がりながら刀印の先で右の女の手に触れ、反対側に向かって脚を蹴り上げた。

銃声は二つ、同時に聞こえた。

一つは蹴り上げられた女の手の中の銃。

その弾丸は宙へと放たれた。

もう一つの銃声は正面からギアの額を狙っていた部隊長の銃。

立ち上がる時とほぼ同時に放たれた弾丸は、ギアの胸元に当たった。

貫くことこそしないが、ギアは背後へ吹き飛ばされた。

女はひとり、金縛りの術で動けなくなっている。

複雑な印を結んでこの場に挑んでの不動金縛りだ。

二人の女は龍頭へと向かっている。

残ったのは女一人と部隊長の二人だけだ。

背後に転倒しつつ回転し、ギアは扉が開いたままの護送車に身をひねって飛び込んだ。

同時に扉を閉じる。

弾丸が扉を打った。

ギアは運転席に潜り込む。

アクセルを踏み込み、護送車を急発進させた。

目標は《霊柩車》に《塔》を積み込もうとしている生ける死者たちだ。

護送車はまっすぐに《霊柩車》へと突っ込んで行った。

3

龍頭がトイレから出てくると、先生と呼びかけられた。

先生？

龍頭が振り返ると、あの三人の生徒たちがいた。

「これは、今お返ししたらいいですか」

啓介がそう言ってリュックから取りだしたのは缶ビールだ。

龍頭が悪いことを考える子供の顔をしてニヤリと笑う。

「サンキュー」

受け取ってプルトップに指を掛け――制服姿の同僚たちが《塔》を運んでいるのを見た。

「悪い、ちょっと持ってて」

再び啓介に缶ビールを渡すと、その《霊柩車》

に近づいた。

「おい、おまえら何をしてんの？」

男たちが一斉に振り向いた。

カチリと龍頭の頭の中で音がした。

戦闘のスイッチが入ったのだ。

気配は男たちではなく、背後からあった。

高速で迫る殺気から、横へと飛び退いた。

銃弾は殺気を追うように、今まで龍頭のいた場所を通過し、背後にあった自動販売機に大穴を開けた。

撃ったのは黒い服の女たちだ。

二人いるが二人とも大きな拳銃を手にしている。

彼女たちはまるで猟犬のように、龍頭目掛けて迫ってきた。

龍頭は逃げない。

ジグザグに黒い服の女たちへと向かう。

薬で反応速度を上げている女たちより、龍頭の方が素早かった。

左側の女の手を掴む。

その銃口を反対側の女へと向いた。

右側の女は、先に躊躇なく撃った。

その時龍頭の姿はもうなかった。

肩を撃ち抜かれたのは左の女だ。

銃声を聞いた三十人あまりの呪禁官たちが、捕らえたはずの女たちが銃を撃っているのを見た。

事情はわからずとも反応は素早い。

杖《ロッド》を取りだし、銃を持った女たちへと駆け寄る。

その時護送車が勢いをつけ、一台の《霊柩車》へと走り寄ってきた。

《霊柩車》はゼロサン部隊のものだ。

呪禁官たちが集まって何かを積み込んでいる。

そこに護送車は突っ込んで行った。

何人かが撥《は》ね飛ばされ、何人かが下敷きになって、ようやく護送車は停まった。

中からギアが飛び出す。

「葉車が裏切った！」

叫んだのは部隊長だ。

その場にいた呪禁官たちが色めき立つ。

が、動じることなくギアは転がり落ちていた《塔》を護送車に投げ入れ、集まってきた同僚たちに叫んだ。

「あれを見ろ！」

指差した先には撥ね飛ばされ、首が真後ろを向いてしまった呪禁官が歩いていた。

「初めから生ける屍だった。俺は同僚を殺したりしない。裏切ったのは部隊長だ」

ギアの言葉を最後まで聞くことなく、呪禁官たちは銀貨を飛ばした。

銀貨は礫《つぶて》となって風を切る。

ギアは避けない。

すべてが彼の身体に当たり、地に落ちた。

顔に当たったものもいくつかあった。当たれば皮膚が裂けてもおかしくない勢いだ。だがどの金貨も、ギアを傷つけることは出来なかった。

飛んできた銀貨の一つを、ギアは掴んだ。

「俺は敵じゃない。見ろ、正しい者を金貨は罰することが出来ない」

受け止めた銀貨を持って、居並ぶ呪禁官たちに見せた。

霊的な武器はその使用目的に合わせて最適化されている。呪禁官が扱う霊的武器は、正しき者を傷つけることができない。

「もし俺が悪《あ》しき心で呪法を操《あやつ》り死者を動かしているのなら、この誇りある呪禁官の金貨《タリズマン》を素手で手にすることなど出来ない」

喋る間にも死なない男たちが次々に立ち上がる。

手足が奇怪な方向に曲がり、潰れた腹から内臓をこぼれさせた呪禁官だったものたちが、ギアへと迫った。

それでも銀貨がギアへと飛んできた。

それは避けぬギアの背後を狙ったものだった。

錫杖を振り上げ飛び込んできた部隊長がそこにいた。

鈍い炸裂音を立てて銀貨は錫杖に当たる。

まるで炎に触れたかのように、部隊長は錫杖を手放した。

振り向きざまにギアはその錫杖を掴んだ。

ぶん、と音を立て回転した錫杖が部隊長の胴を打つ。

続けて短く持った先端で胸を突く。

腹を突く。

再び胸を突く。

避けることも叶わず部隊長は後退していった。

大きく頭上に錫杖を振り上げる。

気合いとともに部隊長の額へと杖を叩きつけた。


邪心を抱いた魔術師に、呪禁官の魔術武器は驚くほどの効果を発揮する。

部隊長は昏倒《こんとう》して地面に崩れた。

今や呪禁官たちの敵は明白となった。

相手は生ける死者となった元同僚と、自由になった黒いドレスの女たちだ。

生ける死者たちは敵ではなかった。あっという間に取り押さえられ、調伏されて動かぬ屍体へと戻っていく。

問題は女たちだった。

やっかいなことに女たちは霊的な力を何一つ持っていない。ただ薬品で超常的な身体能力を手に入れただけだ。しかも武器はリボルバー。

一度逮捕するのに手間取ったのはこのためだ。

しかし今度は最初から敵の正体がわかっている。

魔女宗《ウィッカ》の信徒だと思い魔術戦を仕掛ける無駄はない。さらに相手の人数は三人に減っていた。

もはや三十人を超える呪禁官の相手ではなかった。

龍頭に襲いかかろうとしていた二人は、不利を察して逃げ出した。

それをただ見逃す龍頭ではない。

逃げる背を見つめると、その背に梵字《ぼんじ》「阿字」を浮かべた。阿字とは「刃」を思わせる字形をした梵字アヌゥトゥーパーダーのことだ。阿字は一文字であらゆる仏の本性を表す。これを脳裏に浮かべて瞑想《めいそう》することを阿字観といい、密教瞑想法の中心を成す。呪禁官は工業魔術師によってシステム化された瞑想法により、瞬時に三昧《サマディ》の境地へと至ることが可能だ。

龍頭は女へと向かい最初の一歩を踏み出すまでの間にサマディへと至った。

次の瞬間、龍頭は逃げゆく女の背後に立っていた。

縮地法という古武術の技の一つで、これを『身を延べる』という。

そこにいたのは右肩を撃たれた方の女だ。

薬の影響で痛みはまったく感じないのだろう。肉が弾け、骨の露出したまま平然と走っている。

追いつくと同時に、その首に腕を絡めた。

女は傷を負った熊のように暴れ回る。

その力も熊並みだ。

が、龍頭の腕は離れない。

脚を掛け女を倒すと、両脚で身体を押さえ、さらに首を締め上げる。

数秒で女はぐったりと動かなくなった。

薬剤の影響がどれほどあって苦痛を感じなくとも、脳に血液が届かなければ失神は避けられない。

その時にはギアを襲っていたもう一人も呪禁官たちに取り押さえられていた。

残りは一人だ。

逃げる女を追って、さらに龍頭が身を延べようとした時だ。

女が突然倒れた。

何かに躓《つまず》いたようにも見えた。

だが、そうではなかった。

倒れた時に血の痕《あと》を引いて転がったものがあった。

頭だ。

女の頭が千切れ飛んだのだ。

そして女の首を断ち切ったなにかが、平蜘蛛《ひらぐも》のように地面に張り付いていた。

黒い女だ。

一見すると黒いドレスの女の仲間に見えた。

そうではないことはすぐにわかった。

女が着ているのはドレスではない。

服ですらない。

黒くぬめぬめと光るそれは、風とは関係なく波打ち、脈打っていた。

それは女の皮膚だった。

女は奇妙な形の短剣を持っていた。二本に別れた柄《つか》の間にバーが通され、それを握って剣を支えるようになっている。二本の柄は拳を左右から挟み、相手の武器をそれで受けることも出来る。

インド武術で使われるカッタラムという短剣だ。

女はこれで首を断ち切ったのだ。

「ゼロニ部隊、聖句唱和！」

「ゼロヨン部隊、聖句唱和！」

偶数部隊の部隊長が唱和を命じ、それぞれが低く良く響く声で朗々と聖句を詠ずる。

「至高の御名において」

二十人以上の呪禁官がそれに続く。

「至高の御名において」

「父と子と精霊の力において」

「父と子と精霊の力において」

「我は悪しきすべての力と種子を追い払う」

「我は悪しきすべての力と種子を追い払う」

清浄な結界がパーキングエリア内に拡がっていく。

さすがに呪禁官たちは、この新たな敵の正体がわかっていた。

黒い女は息苦しくなるほどの濃密な力を発散している。

間違えようがない。

今度こそ本物の魔女だった。

この黒い女こそが悪名高い《アラディアの鉄槌》の信者。霊的改造を施した肉体を持つ怪物だ。そして彼女たちが螺旋香を奪還しに来たのなら、たった一人でやってくるはずがない。

日が翳《かげ》った。

パーキングエリアが影で覆われていく。

雲が動いたのかと空を見上げた者が息を呑んだ。

四方から黒雲が沸き立つように現れたのは、何千何万という鴉の群れだ。

ほとんど鳴き声を上げないのが不気味だった。

奇数部隊のうち、ギアの部隊ゼロサンは部隊長の裏切りで全滅した。

偶数部隊を霊的防衛に専念させるなら攻撃に使えるのはギアたちを含めて十四人。普通の魔女が相手なら、四倍――五十人程度なら無理なく相手を出来るだろう。

ヘブライ語の聖句が復誦されている。

呪禁局で正式採用されているカバラ十字の祓いが行われているのだ。

観光客の誘導を始めているのは、養成学校の生徒たちだった。

這いつくばった魔女が頭をゆっくりともたげ、その口を開いた。

メリメリと唇の端が裂けていく。

長く鋭い牙が剥き出しになった。

そして彼らが行く先の道を見上げ、耳を裂くような甲高い声で吠えた。

それに応えるように、彼方から悲鳴じみた絶叫が聞こえた。

それは呪禁官たちの詠唱を押しのけ結界に罅を入れる。

穢《けが》れた波動が染み入ってくる。

「来るぞ！　死んでも復唱は続けろ！」

ゼロニの部隊長が嗄れ声で怒鳴りつける。

地響きがした。

ずん、ずん、と同じ間隔で地が揺れる。

音はますます大きくなり、そのたびに爆撃でも受けているかのように路面は揺れた。

何か恐ろしく大きなものが近づいている。

それはすぐに姿を現した。

巨人だ。巨人がパーキングエリアへと向けて駆けてくる。

空を飛び交う鴉たちの群れに頭が触れそうだった。

ギアの通信機が鳴った。

「葉車です」

通信機を手にギアは言った。

「ゼロイチ部隊の荒木だ」

荒木はゼロイチ部隊の部隊長だ。呪禁局を今の形にした高名な魔術師でありながら、未だに現役の呪禁官を続けている。階級からいっても、今回の作戦行動の全責任者となる。

「あれはウイッカーマンだ。人型の木枠の中に魔女どもがひしめいている。総数は百を超えるだろう。今のうちに護送車で逃げるんだ」

「しかしそれは――」

「私を信じろ。我々がここで魔女たちを食い止める。誰も犠牲にしない。螺旋香が力を持てば確実

に多くの犠牲が出る。それだけは食い止めねばならない。さあ、早く行け」

「了解しました」

通信機をポケットに収めると、今にも魔女に飛びかかっていきそうな龍頭を呼んだ。

「行くぞ！」

それだけでギアの意図を察した龍頭は、吠える魔女を睨みつけながらギアの元へと駆けてきた。

ギアは複雑な印相《いんそう》を両手で結んでいく。あまりにも早く、手の動きが見えないほどだ。

最後に両手指を堅く組んだ外縛印《げばくいん》で霊縛法が完成した。

その間にも巨人はその身体から想像がつかないほどの速度で駆けてきた。

近づけば、巨人の全貌が知れる。

それは木枠で象《かたど》られた人型だ。

格子状に組まれた木枠の中には、みっちりと黒い女たちが詰まっていた。

関節がどうなっているのか、よくわからない。

それはまるで一つの巨人であるかのように自在に動く。

大股で駆けてくる巨人からは、木枠の隙間を通し汗のように黒い魔女がぽたぽたとこぼれ落ちていた。

落ちた魔女は巨人とともに走る。その数がどんどん増えていく。

迫る巨人を背にして、龍頭は護送車へと走ってきた。

それを見て、ギアは護送車のドアノブに手を掛けた。

開かない。

もしもの時にとギアに渡されていたスペアキーで扉を開けようとする。

やはり開かない。

中から誰かが押さえているのだ。

「開けろ！」

ギアが怒鳴る。

窓はスモーク処理され、中は見えない。大破していたフロントグラスの方に回り込もうとしたら、護送車が急発進した。

「おい待て！」

扉を叩くが、知らぬ顔で護送車は加速する。

ギアは後を追った。

その後ろから龍頭が走る。

さらにその背後から追ってきた魔女たちが、たちまち龍頭に追いついた。

龍頭はそれを錫杖で薙《な》ぎ倒し、突き、蹴り、そして走る。

龍頭が叫んだ。

「危ない！」

前を走るギアに横から魔女が飛びついていた。

避ける間がなかった。

奇妙な形の短剣でギアの腹を突く。

が、防刃加工された外套を貫きは出来ない。

ギアはその腕を掴んだ。

が、そこまでだ。

魔女の力はその外見以上に怪物じみていた。

掴んだ腕をどうしようも出来ない。次の一打を出さないようにするのが限界だ。

魔女は片手でギアの肩を掴んでいる。

鋭い爪が肩に食い込んでいた。

肩の肉を毟《むし》り取りかねない握力だ。

実際外套を着ていなかったら、腕を引き千切られていたかもしれない。

生臭い息を漏らし、魔女は大口を開いた。

喉を噛み切るつもりだ。

ギアはその顎を片手で突き上げた。

かつんと、牙が喉の直前で音を立てた。

黄色く濁った瞳の中で、横一文字の瞳孔《どうこう》が憎悪に歪む。
白濁した涎を噴き散らし、魔女は再び口を開いた。
その瞬間にすべてを賭けた。
顎を押さえていた手を離し、腰に差した錫杖を手にする。
ギアの喉へと、口吻するかのように魔女が顔を突き出したその瞬間。
口腔へと縮めたままの錫杖を突き入れる。
反射的に魔女が口を閉じた。
尖った牙が杖を噛む。
さすがにスチールの杖を噛み折ることは出来なかった。
甲高く吠えながら迫ってくるもう一人の魔女が見えた。
時間はない。
ギアは刀印をつくり、その指先を魔女の咥えた錫杖に当てた。
清浄な波動が杖を伝い、口腔へと届く。
口の中で青白く電光が走った。
臭い蒸気が立ち上る。
魔女は沸騰した血とともに錫杖を吐き出した。
そして焼け爛れた口内を見せたまま、動けなくなった。
これが霊縛法の力だ。
抜き取った錫杖を一振りする。
同時に悲鳴のような叫びを上げながら正面から魔女が飛び掛かってきた。
一瞬で延びた錫杖で、その腹を突いた。
避けられる速度でもタイミングでもなかった。
にもかかわらず、魔女はこともなく杖を片手で掴んだ。
ギアは刀印を結んだ指の先で錫杖に触れた。力は錫杖を伝い杖を持つ魔女の手へと流れる。掌から、髪の焦げるような厭な臭いとともに黒煙が噴き上がった。

裂けるほどに開いた口から、悲痛な声が赤黒い血とともに漏れていく。

掴んだ掌がじゅうじゅうと音を立てている。そこから手を離すことが出来ないのだ。

ギアは調伏のための真言を唱えた。

――ナウマクサマンダ　バサラダンセン、ダマカロシャダソワタヤ、ウンタラタカンマン
朗々と響き渡る真言が、刀印から錫杖を通じ魔女の身体へと流れ込む。

強烈な霊的波動が魔女の身体を揺さぶった。

激しい振動とともに身体がでたらめに動き出した。

厭な音をたて曲がらぬ方へと関節が曲がる。

血混じりの涎がだらだらと流れ落ちた。


だが魔女がどれだけ激しく暴れても、ピンで留めた昆虫のように、突きつけた錫杖から離れることは出来ない。

すぐに刺青だらけの喉を裂いて何かが跳びだした。

小豆ほどの大きさのそれは、血塗れの小さな護符《タリスマン》だった。霊的手術でインプラントされたものだ。

一つだけではない。

腕から、足から、黒い皮膚を突き破って身体中から小さな護符が排出されていく。

一つ護符を失う毎に魔女は動きが鈍くなり、穴の空いた風船のようにその身体が縮んでいった。

すべての護符が吐き出され時、かつて魔女だったそれは、干からびた人型の肉の塊になっていた。

最後にギアは魔女の残骸《ざんがい》から錫杖を抜き取った。

耐えていた最後の気力が失せたかのように、そ

れは土塊となって倒れ砕け散った。

霊的な人体改造は、その力が大きければ大きいほど、術を解かれた時に反動が大きい。身体や心を犠牲にして呪力で支えてきた者が術を解かれれば、すべてが塵《ちり》に還る。

その無常を感慨に耽っている場合ではなかった。

全力で走ってくる龍頭の、その真後ろに巨人は迫っていた。狂おしくも穢れた鳴き声が、清浄な結界を崩していく。

そして巨人からこぼれ落ちた魔女たちが、その足元で黒い波となって押し寄せてきた。

護送車は既にパーキングエリアから抜け出そうとしていた。

と、巨人がその手で足元の黒い魔女たちをすくい上げ、ぶんっ、と投げ飛ばした。

まるで泥のように、それは護送車の前に落ちた。

着地し損ねて頭をスイカのように割る者もいたが、そんなことに頓着《とんちゃく》はない。二度、三度、巨人は魔女たちを投げつけた。

護送車は数人を撥ね飛ばしたところで、魔女の群れに阻《はば》まれ身動きが取れなくなった。

それから聞こえたのは魔女たちの悲鳴だった。

護送車の霊的防衛システムが発動したのだ。呪的攻撃の意志を持ったものは、車体に触れることすら出来ない。触れれば、赤く焼けた鉄板に触れるのと同じ大火傷《おおやけど》を負う。

髪の焦げるような嫌な臭いの煙が黒い塵埃《じんあい》とともに噴き上がる。

護送車は再び走り出した。その後を魔女たちが追う。

魔女たちは痛みも身体が傷つくことも、そして死すらも怖れていない。その身が焼かれようとも襲撃を諦めたりはしない。

走り去る護送車と、それを追う魔女たちの群れが遠ざかっていく。

ギアは龍頭と並んでそれを必死で追った。

フロントガラスが割れていた。放置していればそこから魔女たちが侵入するだろう。誰が運転しているのか知らないが、魔女たちは容易《たやす》い相手ではない。魔女の手に螺旋香を渡せば、どんなことになるかわからない。

護送車を追って疾走する二人の正面から、走り寄って来る者たちがいた。

敵ではない。

頼もしい同僚たちだ。

彼らは皆、ギアと龍頭に黙礼していく。すれ違いざまに荒木部隊長から鍵を渡された。ゼロイチ部隊の《霊柩車》の鍵だ。もちろん乗って護送車を追えということだろう。

いつの間にか霊的防衛班の聖句が変わっていた。

悪しき力を祓うヘブライ語の聖句ではなく、人工精霊を召喚するためのエノク語の儀礼が始まったのだ。

本来なら延々と続く儀礼なのだが、いくつかの呪具により簡略化され、誓言《せいごん》があっという間に終わった。続いて東西南北へ向かい四大精霊への呼びかけが始まっていた。

この間にゼロイチ部隊は全力で魔女たちの侵攻《しんこう》を食い止めていた。

すべてが螺旋香をギアたちの手に託すために行われている。それぞれに思うことがあっても、使命は一つなのだ。

手を地に着く獣のような低い姿勢で、魔女たちが駆け寄ってくる。敵と対峙《たいじ》した時も、腰を極端に低く落とした特異な構えだ。獣の動きを真似る中国武術の型にも似ている。相撲《すもう》のすり足にも通じる身のこなしだ。

その魔女たちの波が、とうとう呪禁官たちと激突した。力は圧倒的に魔女が勝る。素早さで互角。魔術戦となれば呪禁官が有利というところだろうか。

杖術で相手の動きを封じ、あまり手を合わせないようにして攻撃魔法で戦う。

それが呪禁官側の作戦だ。

錫杖を振り、突き、払う。

霊縛法で動きを止め、出来るなら調伏し、塵埃へと帰す。

砂塵と、焦げた肉の異臭を放つ灰とがもうもうと舞い上がった。

最初の予想通り、一対一なら呪禁官が確実に勝ちをとれるだろう。

が、数では圧倒的に魔女が多い。今のところは魔女たちを食い止めるのが精一杯のようだった。

悲鳴と怒声が入り交じり、霊的防衛の為の聖句が聞こえなくなっていた。

そこに巨人がやってきた。

敵味方の区別なく、大型車ほどもある巨大な足で踏みつけてくる。

そしてその忌まわしい声は結界を裂き、霊的防衛力を低下させる。

耐えきれなかった。

少しずつ、呪禁官たちは後退していく。その手を抜けてギアたちを追う者の数が増えていく。

その間に、防衛力を割いて唱えられた人工精霊召喚の聖句は、いよいよ最後に近づいていた。

――われに耳傾けよ。イエオウ・プル・イオウ・プル・イアフトゥ・イアアエオー

空から光が差した。

太陽光ではない。

その光を浴びた鴉が、翼を焼かれ黒い雨のように落ちてくる。

呪文とともに光は太く強く地上を照らした。

――われは彼なり！　その口は永遠に炎を吐きたり！　われは彼なり！　産むものにして光へと顕現《けんげん》する者なり！　蛇に巻かれた心臓こそわが名なり。

光は、目を覆うほどに目映く周囲を照らすと、光の柱となって巨人の前に立ち塞がった。

――汝、いで来たりてわれに従え。そしてあらゆる霊をわれに従わしめよ。

蝿でも追うように、巨人はその光を払おうとした。

ところが光の中に差し入れた腕が動かなくなる。

慌てた巨人が腕を振るたびに、ぽたぽたと黒い女たちが落ちた。巨人に顔などなかったが、それでも巨人が焦っていることがわかった。

――渦巻く気のものも、猛進する火のものも、果ては神のあらゆる呪文や天罰までも思いのままにならん。

光の柱が見えぬ手で刻まれていく。

輝く粒子が飛び、雪のように降り注ぐ。

そのたびに頭が、腕が、たくましい胸が、光りの中で姿を露わにしていく。

それは戦士の像だった。

神話の住人である、輝ける光の鎧《よろい》を着た戦士だ。

戦士はたくましい腕で、巨人の手を掴んでいた。

そしてその反対側の手に持っているのは長大な剣だ。

――イアフ・サバフ！　これぞ言葉なり。

言い終わったと同時に、六、七階建てのビルほどもあるその剣を、剣士は振り上げた。

その眩しさから逃れるように、巨人は顔の前に腕をかざす。

そして剣は振り下ろされた。

まるで雷神が投じた雷だ。

閃光《せんこう》とともに掲げた腕を断ち切り、頭蓋《ずがい》を叩き割る。

頭が左右に割れ、なおも刀身は止まらず、木枠を木っ端と砕き、身体を裂き、地に叩きつけられた。

巨人は、もう人としての姿を保てなかった。

木枠もろとも巨人は解体され、魔女たちが黒い滝となって地面に傾《なだ》れ落ちた。

役目を終えた戦士がたちまち消え失せる。

召喚を終えた者たちが再び霊的防衛の儀礼に加わった。

巨人が消え、場は浄化されていく。

呪禁官たちがまたその力を取り戻した。

最後の力を振り絞り、無数とも思える魔女たちの群れへと立ち向かっていった。

4

ゼロイチ部隊の《霊柩車》の周りで魔女たちが待ち構えていた。

「ギア、どうする」

龍頭はギアの横に並んで言った。

「どうするもこうするも、あいつに乗り込むしかない」

ギアは錫杖を握り直し、《霊柩車》を見た。

「そうだよねえ」

龍頭は嬉しそうに錫杖を構える。

「じゃ、お先に」

魔女の群れへと龍頭は突入していった。

ギアも走る。

駆け寄る魔女に、刀印で触れれば瞬時に魔女は動けなくなる。聖句で支援され、霊力は何倍にも膨《ふく》れあがっていた。

次から次へと霊縛法で動けなくしていく。調伏までには至らない。人道的にそうしているわけではない。とにかく先を急いでいるだけだ。

近づく魔女を次々に刀印で押さえる。

不自然な姿勢で固まった魔女は、そのまま路面に倒れた。

動けないそれを踏みつけ、踏み越え、ギアは《霊柩車》へと近づいた。護送車ほどではないが、《霊柩車》も数々の印形《シジル》によって守られている。それ自体が霊的な電池――護符《タリズマン》の役目を果たしているのだ。従って近づくほどにギアたちの霊力は増した。

鍵を取りだし扉のロックを解く。魔法でも何でもない。赤外線送信したのだ。

運転席を開き、ギアは中に飛び込んだ。

龍頭の気合いがすぐそばで聞こえた。

錫杖で跳ね飛ばされる魔女たちが見える。

そして助手席の扉が開いた。

「お待たせ」

龍頭が入ってきた。

扉を閉めようとノブに手を掛けた時声が聞こえた。

「待ってください！」

息せき切って駆け寄ってきたのは、養成学校の生徒、沼田啓介だった。

「これを」

伸ばした手で掴んでいるのは缶ビールだ。

「馬鹿か、おまえ！」

龍頭が怒鳴る。

続けて「帰れ」と言おうとして、啓介の背後にいる魔女を見た。

拳の先の短剣で啓介を突こうと、腕を引いた。

龍頭は啓介の胸ぐらを掴み、一気に中へと引き入れる。

剣は危ういところで空を切った。

間髪入れず、ギアが銀貨を飛ばす。

額を撃ち抜かれ、魔女は血潮を上げて後ろに倒れた。

扉が閉じた。

《霊柩車》が走り出す。

「おまえ、何してんだよ！」

龍頭が隣に座っている啓介を怒鳴りつけた。

もともと細い身体をさらに細めて、啓介は俯いている。

すみません。

聞き取れないほどの小さな声で言った。

「おまえに頼まれたことを果たしただけだ」

ギアが言うと、今度は龍頭が項垂れた。

「安全なところで下ろす。それまで後ろで待機だ」

ギアに言われ、啓介はシートを乗り越え後部座席へと移った。

緊急サイレンを鳴らしながら国道一号を西へと向かうと、左右に大きく蛇行しながら走っている護送車に追いついた。

おそらく中に入り込んだ魔女が暴れているのだろう。

そう思って速度を上げた。

護送車が急ブレーキを踏んだ。

大きく右へとハンドルを切る。

車体が倒れそうなほど傾きながらもガードレールを押し倒しへし折り乗り越え、草叢に乗り上げて護送車は停止した。

ギアたちもその真後ろに車を着けた。

何台も車が通過していったが、今のところ奇跡的に事故はない。

護送車の扉が、文字通り吹き飛んだ。

扉と一緒に飛び出したのは運転手だ。

道路脇の土手に扉ごと叩きつけられた。

それに続いて痩せた男が吹き飛ばされた。

彼は中空で身体をねじり回転させ、土手に足をつけて衝撃を和らげ、路面に着地した。

脚を大きく広げ腰を深く落とした構えは白蛇伏《はくじゃふく》草《そう》、八卦掌《はっけしょう》の構えだ。

そして最後に、彼らを吹き飛ばしたであろうものが姿を現した。

メリメリと車体を裂き、巨体が無理矢理這い出てくる。

皮を剥いだ肉の塊のようだった。

瘤《こぶ》のようにねじくれた筋肉が、剥き出しになっている。それが縒《よ》れ、編み込まれ、大小五本の非対称な腕を形作っていた。

そしてその中の二本の腕が、イペリットとフォスゲン兄弟の首を掴んでいた。

ガスマスク姿の双子は、死んだ魚のようにぐったりとし、怪物が動くたびにふらふらと揺れた。

怪物は全身を現した。

背も腹もわからない。

泡立つ皮膚に覆われた脚の周辺には、トゲのある吸盤がびっしりと生えた、尾とも触手とも、あるいは長大な陰茎とも見えるものが数本生えていた。

五本の腕に取り囲まれて、つつかれたイソギンチャクのように萎んだ肉の中に眠る男の顔があった。

「鬼頭……」

呟いたのはギアだ。

その人の良さそうな中年男の顔は間違いなく鬼頭春男のものだった。

「しまった、薬だ！」

叫んだのは龍頭だ。

鬼頭は獣人体質で、六時間おきにナノ呪符を注射しないと怪物と化してしまう。

その六時間をすでに越えていたのだ。

鬼頭の顔が、ずるりと肉の皺に埋もれて消えた。

消えた後の肉の穴に大きな亀裂が出来たかと思うと、唾液の糸を引いて上下に裂ける。

裂けた肉の断面にはびっしりと歯が生えていた。

口だ。

イペリットの身体を高々と持ち上げると、その口を開けるだけ開いて爪先から呑み込もうとした。

《霊柩車》から飛び出たギアと龍頭は、二人揃って金貨を投じる。

じゅっ、と音を立てて銀貨はイペリットを持ち上げた腕の肉に食い込んだ。

鬼頭が唸り声を上げる。

開いた口の真上に肉の瘤があった。それが、皮下から空気でも吹き込まれているかのように盛り上がり、膨れていく。


たちまちサッカーボールほどの大きさになった瘤は、薄く延びた皮膚が耐えきれず中央から一気に裂けた。

中から現れたのは、濡れた巨大な眼球だった。

血混じりの粘液を涙のように垂らしながら、それが左右に動く。

憎悪のこもった視線が移動し、ギアたちを見つけた。

悪意が毒針のように二人を刺す。

ギアたちは油断なく錫杖を構える。

鬼頭は濡れタオルのように双子を振り回すと、いきなり投げつけてきた。

さすがに避けるわけにはいかない。

ギアが、龍頭が、それぞれに双子を受け止めた。

支えきれるものではない。

そのまま二人揃って後ろに転倒した。

呼吸していることだけは確認して、双子を押しのける。

「こんな化け物だと思ってなかったよ」

龍頭が呟いた。確かに獣人という言葉から想像できるものとはほど遠い、悪夢の中に棲むような生き物だった。

ギアと龍頭は立ち上がり、再び錫杖を構えた。

その前に飛び出た男がいた。

木乃伊のように痩せた男——藍寒《ラン・ハーン》だ。

脚の鎖は断ち切られていたが、両手首は手錠で繋がれたままだった。

が、まったく臆することなく藍は鬼頭へと近づいた。

不思議な足運びだ。

全身は円を描き、手足は螺旋を描く。

離れるように見えるがいつの間にか近づいているる。

鬼頭は藍を掴もうと、烏賊《いか》のように長い二本の腕を伸ばした。

藍はそれを躱わしつつ回り込み、気がつけば抱きつけるほどの距離に近づいていた。

指を揃えて伸ばした先で鬼頭を突く。

長い腕の付け根に指先が当たった。

触れた、というのに近い。

何も効いた様子はなかった。

ギアたちが駆け寄ろうとすると、藍は良く通る声で「来るな！」と叫んだ。

鬼頭は五本の腕で藍を捕らえようとする。藍は円を描く足運びで、まるで踊っているようにその手を逃れ、だが身体は離れず、時折指先で突いた。

からかっているようなその動きに、鬼頭はさらに荒ぶる。

腕を振り回し、地団駄《じだんだ》を踏み、蹴り、何とかして藍を捕らえようとするのだが、叶わない。

いつの間にか目覚めていた運転手が逃げだそう

としていた。

その襟首《えりくび》を龍頭が掴んだ。

双子も手錠を掛けられたままだ。気を失っているよう見える。だが最も油断が出来ないのがこの二人だ。

「任せたぞ」

そう言うとギアは護送車へと走った。

「馬鹿な真似はさせないよ」

龍頭は笑う。

藍は大きく後退して間合いを取った。

「見切ったぞ、鬼頭」

独り言のようにそう言う。

と、藍は一息で距離を縮め鬼頭の脚の付け根を突いた。

それで勝負がついた。

声も上げげず、鬼頭はその場に頽れた。

「章門《しょうもん》を突いた。人であれば死ぬがそれは不死身の怪物だ。死にはしないだろう。今のうちに人に戻せ」

打穴《だけつ》という技だ。穴《けつ》とは鍼灸で言う経穴《ツボ》。

中国武術の打穴では、鍼灸で決して打ってはならないツボを打つ。そして「気」というシステムがかつてとは考えられぬほど強力な力を持つ今、それは確実に人に死をもたらす技となった。

「あんな怪物の経穴でも突けるんだ」

龍頭が感心して言った。彼女も武道系の魔術を学ぶ者だ。経穴のシステムがどんなものかはわかっている。身体の構造が人とは異なるもの相手の格闘に経穴は通用しないというのが常識だった。

「相手が元人間であるのなら、どのように変形しようと穴は存在する。ただそれを探るのに時間が掛かるだけだ」

最初にからかうような動きを見せた、あれは人と対応する経穴の場所を探っていたのだ。

ギアが護送車の中から小さな鞄を出してきた。中から革製の箱を取りだす。開くと薬液の入った小さなガラス瓶がいくつかと、注射器が入っていた。

ギアは小さな瓶から注射器に薬液を吸い出し、怪物の腕に針を突き立てる。プランジャを押し込むと、その途中からナメクジに塩を振りかけたように粘液を噴き、身体をねじり、見る間に身体が縮んでいった。一分もかからず巨大な怪物は全裸の中年男へと変貌《へんぼう》を遂げた。寒いのか、肥満した身体をぶるぶると震わせている。全身が粘液で濡れているため、まるで生まれたての巨大な胎児《たいじ》のようだ。

ギアは鬼頭を担ぎ上げ、彼らの乗ってきた《霊柩車》の後部座席へと運び込んだ。積み込んであった毛布でその身体を包み、座席に寝かせる。そして座り込んで興味津々《きょうみしんしん》にギアたちを見ている啓介を外に追い出した。

次にぐったりとした双子を中へと運ぶ。この二人が息を吹き返したら、かなりやっかいなことになるのは目に見えていた。

「どうして護送車に運ばないの」

訊ねた龍頭に、ギアは護送車の中を指差した。龍頭が覗き込む。

もともと重機関銃で運転席周辺は破壊されていたし、フロントガラスも大破《たいは》していた。今はもう席らしきものすら残されていない。後部座席につながる扉も見事にねじ曲がり押し倒されていた。これでは霊的な防衛効果など期待は出来ない。

「なるほどね。後はみんながおとなしくしてくれることを望むしかないね」

言いながら藍を見た。

「約束は出来ない」

藍は言った。

「だが何より危ないのは、あの男じゃないのか」

指差したのは運転手だ。

運転手は両手を挙げて、とんでもないという顔をした。

「さあ、みんな《霊柩車》入りだ。話はそれからだ」

一番に藍がはいった。続けて啓介が乗ろうとするのをギアは止めた。

「今から警察に連絡する。ここで警官の到着を待て」

喋っている間に逃げようとする運転手の肩を掴んだ。

情けない顔で振り返った運転手が言う。

「おいおい、俺はここで逃がしてくれよ。警察が迎えに来てくれるんだろう」

「警察が来るまでおまえが待っているとは思えない」

「待つ必要がないだろう。子供じゃないんだ。一人で帰れるさ。俺は警察に行く必要がないだろう。何でだよ。俺は善良な呪禁局勤めの職員じゃないか」

「おまえが行旅死亡人だ」

ギアはそう言って運転手を睨む。

「馬鹿なことを――」

男は薄ら笑いを浮かべた。

「各車に電波を妨害する小細工をしたのもおまえだ。車両係のおまえなら簡単なことだ。あれだけ逃げ出したがっていたおまえが、何のために護送車を奪ってから逃げ出さなければならなかった。魔女たちに襲われたあの時、歩いて逃げればどこへでも逃げ出せたはずだ」

「それは逃げるタイミングを失ったんだ」

「《塔》はこの少年に――」

「田沼啓介です」

「啓介君に預けて行く。それで問題ないな」

「好きなようにすればいいさ」

話を聞いていた龍頭が《塔》を運び出してきた。

それを啓介の前に置く。

「缶ビールと交換だ」

「あ、はいっ」

緊張した面持ちで《塔》を受け取った。

「あの、さっきこれでみんなと喋ったんですけど」

啓介は耳に取り付けたインカムを見せた。

「ええ、それ玩具でしょ」

「きちんとデジタル簡易無線の届け出をしています。平地であれば五キロは届きますよ」

啓介は自慢げにそう言った。

「で、みんながすぐ後ろからバスで来てます。行き先は同じなのであいつらと一緒に行くから、ぼくのために警察の手を煩わす必要はありません」

「おまえが持ってるのは、とんでもない高額で取引される呪具だ。おまえが一人前の呪禁官なら預けても良いだろうが、今は無理だ。警察が来るのをここで待つ。その間は呪禁官として守り抜け」

「はい！」

啓介はまっすぐギアを見て返事した。

「一緒に来い」

ギアに促され、運転手は護送車へと入った。

「これを運ぶんだ」

ベルトで縛られていた棺だ。

露骨に嫌そうな顔をした運転手とともに、ギアは棺を《霊柩車》に運び込んだ。

「こいつらを見張っていてくれ」

龍頭にそう言うと、ギアはいったん《霊柩車》から出て通信機を取りだし、本部へと連絡を入れた。

「葉車です」

「無事か」

古里織課長の声だった。

「今のところ無事です。ですが」時計を見た。「夕暮れまでにグレイプニル収容所へ着くかどうかは難しいところですね」

「間に合わせろ。おまえたちにそれ以外の選択肢はない。そっちに援軍を送ってやりたいが、それは無理だ。草津ＰＡに《アラディアの鉄槌》はほぼすべての信者を動員したようだ。対応のために日本中の呪禁官が集結した。アメリカの魔術局からも協力すると連絡があったらしいが、それは断ったようだ。とりあえずは国内の呪禁官だけで対処している。上手くいけば《アラディアの鉄槌》はほぼ壊滅《かいめつ》だ。それでも押さえきれなかった魔女たちがおまえたちを追っているのは間違いない。人数は確認出来ていないが、所詮は数十人だ。それはおまえたちで何とかしろ」

「わかりました」

「それで、今どこにいる」

「高速から降りたところです。まだどの道を進むかは決めていませんが、巻き添えになった子供がいるので、警察をここに送ってもらえませんか。彼を送り返したいので」

「ああ、良いだろう。すぐに連絡をして迎えに行かせる。螺旋香の処置には世界中が注目している。しくじることは許されない。わかるな」

「はい」

「何かあったら連絡をくれ。こちらで出来ることはするから」

「了解しました」

「頑張ってくれ」

「ありがとうございます」

通信は切れた。

同時に背後で声がした。

「そこまでだ」

振り返ると啓介の首に手を掛け、銃口をその頭に向けた運転手がいた。いつ手に入れたのか知らないが、最初に襲撃した女たちが持っていたリボルバーだ。

「すまん、ギア。小便だっていうから」

《霊柩車》から顔だけ出し、龍頭は両手を合わせ頭を下げた。だがあまり悪びれた様子がない。それどころか、してやったりという顔だ。おそらく運転手が何かすることを期待して、わざと表に出したのだろう。もしかしたら銃をもっていることも気づいていたかもしれない。

ギアはそう思い龍頭を見る。龍頭は目を逸らした。

「なるほど。死亡人だということを認めるわけだ」

ギアは運転手に言った。龍頭の思惑通りにこの男は動いたことになる。

「おまえたちは螺旋香の入った棺を運べばそれで良いんだろう。俺は《塔》を持ち帰ればそれで終わりだ。見逃してくれ。なっ」

ギアは黙って様子を見ていた。

啓介が必至になって刀印で九字を切り、さらに幾つもの指印を素早く結んでいるのを見たからだ。それが完成するまで時間を稼ぐつもりだった。

「見逃して、こっちに何か得でもあるのか」

ギアは言った。

「だからこいつの命が助かる。それで充分だろう。俺は人が死ぬほど味方が増えるんだ。殺したこいつに、おまえたちを襲わせるぞ」

「そんなもので俺たちが怯えるとでも思ったのか」

「殺すぞ！」

運転手――死亡人は怒鳴った。

「本気だ」

「だろうな。だが殺したらおまえもそれで終わり

だ。いくらで雇われているかしらないが、それで
すべてを失う事になる。まず最初に失うのが命だ。

それでも良いなら撃て」

両手指を組む外縛印が結ばれ、最後の真言を口
の中で唱え終えたのがわかった。

「クソ！　もういい。じゃあここで一発――」

啓介の刀印が死亡人に触れた。

怒鳴る口を開いたまま、見事に動きが止まった。

啓介はその腕をすり抜けて死亡人から離れる。

ギアは一挙動で間合いを詰め、運転手から銃を
もぎ取った。

「あっ、くそっ！」

死亡人が言った。啓介の霊縛法では、その時間
が限度だったようだ。

「よくやった」

啓介に言って、ギアは死亡人の手を後ろに回し
て手錠を掛けた。

「ニヤニヤするな」

龍頭にそう言うと、死亡人を渡した。

「後ろに押し込んでおけ」

「あいよ」

龍頭は死亡人を《霊柩車》へと押し入れた。

ギアもその後に続いて中へと乗り込む。

「すぐに警察は来るだろう。ここで待ってそれを
警察に渡してくれ」

ドアからそう呼びかけた。

啓介は神妙な顔で頷き、《塔》をしっかりと抱き
しめた。

「駄目だ、ギア」

言ったのは龍頭だ。

「奴らが来た」

背後から獣のように疾走してくる一群がある。

見間違いようがない。あの黒い魔女たちだ。

舌打ちして、ギアは啓介に言った。

「乗れ」

啓介は元気よく「はい」と返事して、《塔》を抱え込んで《霊柩車》に乗り込んだ。

その後ろから、親指ほどの小さな人型が、ひょこひょこと中に入り込んだのに気づいた者はいなかった。

第二部 邪神《エインシャント・ワンズ》

【fragment】 The day-1

勝弘はようやく電子音が鳴っていることに気がついた。気がつけば、どうして目覚めなかったのかと思える大音量だ。

腕を伸ばし目覚まし時計を探る。

枕元でようやく探し当て、ボタンを叩き押して音を止めると、時計を目の前に持ってきて時間を見た。

げっ、と声を上げる。

もう昼を過ぎようとしていた。

大学は午後の講義からだから間に合うかもしれないが、その前に友人と待ち合わせをしていた。この時間からならぎりぎり間に合うか間に合わないかだ。


「なんで起こしてくれない――」

母親に文句を言おうとして思い出した。

「あっ、そうか。今日はみんなでホテルで宿泊とか言ってたよな。あんな安物のホテルに泊まるのが嬉しいか。っつうか、あのけちな町長がよくそんな気になったなあ」

ぶつぶつと独り言を言いながら服を着替え、洗面所で顔を洗いキッチンに行く。朝食の用意も昼食の用意もなかった。文鎮《ぶんちん》に千円札が一枚挟まれている。それで食べろということだろう。

時間がなかった。

リュックを背負って外に出る。

心地よい晴天だった。

駐車場から自転車を取りだして跨《また》がる。ここから駅前の駐車場まで乗るだけにしか使っていないママチャリだ。

駐車場を出てすぐに気がついた。

静かだ。

この世が終わりましたと言われたら信じそうなほどに、ひっそりとしている。平日の昼間だ。近くに人がいなくとも、近所を走る車の音ぐらいは聞こえても良いだろう。この近くに幼稚園があって、いつも園児たちの騒がしい声が聞こえていた。それもない。

みんな避難が済んだのだろう。

しかしそれなら作業員たちの姿があっても良いはず。だが街はしんと静まり、人の気配がない。それどころか、生き物のいる気配すらまったくない。いつもなら公園近くに集まっている鳩も雀も、電線に止まっている鴉もいない。

おかしいおかしいと思いながらも、自転車を必死になって漕《こ》いだ。このままでは待ち合わせに間に合わない。駐輪場に自転車を停め、駅に行って駅員がいないことを知った。改札は閉ざされている。誰に見せるとなく定期券を出して中に入る。

目の前を列車が通り過ぎた。時刻表を見比べて、それが各駅停車の普通列車であることを確認した。各停が停まらない。

となると、次の駅まで自転車で行くしかない。時計を見た。間違いなく待ち合わせには遅刻だ。

勝弘は再び自転車に乗って走った。線路に沿って次の駅まで、十分か十五分で着くだろう。

全速力でママチャリを漕いでいたらいきなり自転車から投げ出された。

何が起こったのかわからない。

気がつけば路面に倒れていた。

自転車の前輪のスポークが歪んでいる。

勝弘は自転車が衝撃を感じた辺りに行く。そしておそるおそる何もないそこに手を伸ばした。

何かに触れた。

まったく何もない空間だ。にもかかわらず、手を押し当てると跳ね返される。見えないゴムのようなもので作られた壁があるようだ。

勝弘は掌でそれを押し、どこまで壁が存在するのかを調べた。

上にも下にも、手の届く範囲には隙間がない。

この壁はどこまで続いているのだろう。

勝弘は前輪が歪んだ自転車を起こした。

ガタガタ揺れる自転車を引いて、手を触れながらゆっくりとそれに沿って歩いてみる。

見えない壁はどこまで行っても途切れなかった。

もしかしたら街全体を覆っているのかもしれない。

あり得ないことだった。

時計を見て溜め息をつく。

これじゃあ講義にも間に合いそうにないぞ。

肩を落とし、揺れる自転車を押しながら歩く。

と、壁の向こうで家から犬を連れて外に出てきた女性を見た。

思わず壁ぎりぎりまで近づき声を掛けた。

だがその中年の女性は、勝弘をまったく無視して立ち去ろうとした。

勝弘は何度も何度も呼びかけた。

声はどんどん大きくなる。しかしその声に反して、女性はどんどん遠ざかっていくだけだ。

誰かが気づいてくれるかと思い勝弘は呼び続けた。

でも誰も答えない。

誰も出てこない。

声を出したことで恐ろしさが増した。

おおい！

さらに大声で呼んでみた。それでもなんの反応もない。

遠くを走る車が見える。

歩いている人もいる。

何度も叫び、助けてくれと悲鳴混じりの声を上げたが無駄だった。

こんな時は「火事だ」と叫ぶと人が出てきてくれるという話を思い出した。

火事だあああ！

喉が裂けそうな大声で言った。その声が見えない壁に吸い込まれていくような気がした。

声は外に漏れていないのかもしれない。それだけではない。どうもこちら側が見えていないようだ。

喉が涸れて、敷石《しきいし》に腰を下ろして考え込んだ。考えはひとつもまとまらなかった。頭を抱え、路面を見詰める。しばらくその姿勢でじっとしていた。それから歪んだ前輪を何とか元に戻そうとした。しばらく蹴ったり引っ張ったりしていたが、あまり変わりはなかった。サドルに跨がって走ろうとしたが、ハンドルが左右に揺れてどうしようもない。

仕方なく勝弘は歩き出した。家へ戻るつもりだった。目的は電話だ。家に帰りとにかく警察に電話を掛けるつもりだった。

途中までは自転車を押していたのだが、途中で前輪がパンクし諦めた。その場に自転車を捨て置いて、走る。

息せき切って家にたどり着く。

扉を開いて中に入ると、おかしな臭いがした。

獣臭い。

昔飼っていたハムスターのケージの臭いを、何十倍にもしたような獣臭《けものしゅう》だ。

朝はまったく気がつかなかった。出て行ってから臭いだしたのかもしれない。

臭いは気になったがそう思い、とにかく電話を掛けようと居間へ行く。

受話器を取ると、雑音がした。

ガリガリと受話器を引っ掻くような音だ。無視して警察に電話を掛ける。初めて掛ける一一〇番通報に少々緊張していた。ノイズに邪魔されながらも呼び出し音がする。混線しているかもしれない。

雑音の向こうで、声らしきものが聞こえた。

「あっ、もしもし、もしもし……」

大きな声で呼びかけたが、反応がない。

受話器を耳に当ててじっと聞いていると、雑音に掻き消されながらも甲高い声が途切れ途切れに聞こえてきた。

……いあ……いあ……しゅぶ…にぐら……いあ

何を言っているのかまったくわからない。それでも何か意味が汲み取れるかとじっと聞いていると、千切れるように音が途絶えた。一度受話器を置いて、何度か試してみたが無駄だった。やはり混戦しているのだろうか。

電話を諦め、勝弘は臭いの源を探すことにした。

一階には何もおかしなものはなかった。

二階へと上がる。部屋を順に回った。両親の寝室を開けた時だ。

まず刺すような獣臭に襲われた。

慌てて鼻を押さえ、口で息をする。

あまりの悪臭に涙が流れてきた。

間違いなく臭いの源はここだ。

部屋は真っ暗だった。廊下の明かりに薄ぼんやりと中が見える。

もぞもぞと闇よりも濃い影が動いて見えた。

「誰かいるの？」

勝弘はおそるおそる声を掛けてみた。

今度ははっきりと見えた。何かが動いている。

壁を探り、電灯のスイッチを入れて明かりを点けた。

それは一抱えほどもある巨大な繭《まゆ》に見えた。

灰緑色《かいりょくしょく》の薄い皮の袋に、黒い何かが詰まっている。

四肢と頭を持った何かだ。

ひくひくと、身体を時折痙攣《けいれん》させる。

そのたびに濡れた薄い皮が震えた。

そんな奇怪な繭がそこかしこに転がっていた。

全部で十を超えるだろう。

正体を探る前に、胸が悪くなってきた。臭いに耐えきれず、勝弘は窓に駆け寄った。窓のカーテンは閉め切り、クリップで隙間が出来ないように留めてあった。

勝弘はクリップをもぎ取り、カーテンを開いた。

そして勢いよく窓を全開する。西向きの窓だ。傾き掛けた陽の光が、窓から長く差し込んだ。

光が幾つかの繭を照らした。

薄皮の中の何かが、揃って激しく暴れ出した。

悲鳴が聞こえた。

女の悲鳴だ。

皮の中にいるのは、女なのか。

光の当たった繭からは、甲高い絶叫が途切れることなく聞こえた。

勝弘は耳を押さえた。

激しく動く繭が、弾む鞠のように跳び、転がる。

大きなベッドの上にあった一つの皮袋が、とうとう裂けた。

中から突き出たのは、黒い枝のように見えた。

すぐにそれが間違いであることがわかった。

それは何かをまさぐって細く長い五本の指を動かしていた。

腕だ。

樹皮のようにごつごつした肌を持つ黒い腕だ。

腕も指も、細く長い。

それは関節が存在しないのか、蛇のようにしなやかに動いた。

人に出来る動きではない。

それは自ら薄い皮を引き裂いた。

茶褐色の体液らしきものが吹きこぼれる。

ねっとりとした獣臭がさらに濃くなった。

中から出てきたのは頭だ。

額から二本の歪な角が生えていた。

その目は白く濁り、横一文字の、へしゃげた棒のような瞳を持っていた。

それは突き出た口吻をもぐもぐと動かし唇を捲《まく》り上げると、しっかりした大きな歯を剥きだして悲鳴じみた声で鳴いた。

顔だけ見ればデフォルメした山羊の仮面のようだった。

それは下半身を繭に包まれたまま、細長い両腕を昆虫のように動かして部屋から出て行った。

他の繭も、光が当たったものはどれも狂ったように動き震え跳ね、次々と皮が破れ中から枯れ枝を集めて作った山羊のようなおぞましい生き物が現れてきた。

あまりのことに、しばらく何も考えることが出来なかった。

ただそれを呆然と見ている。

何をしたら良いのかがわからない。

あちこちで姿を現したものたちが悲鳴を上げる。

それでようやく思いついた。

逃げろ。

思った時には部屋を駆け出ていた。

廊下には脱ぎ捨てたであろう皮が落ちていた。

茶褐色の粘液があちこちに尾を引いている。

避けて歩いたつもりだったが、べたべたとしたそれを踏んで、滑りそうになる。

あっ、と上げた声に応えるように、悲鳴が聞こえた。あの生き物の声だ。

それは上から聞こえていた。

勝弘は天井を見上げた。

細長い四肢を伸ばし、山羊の頭の怪物が蜘蛛のようにそこにへばりついていた。

こんな時には何も出来ないものだなあ。

怪物が飛びかかってきた時、彼はそんなことをぼんやりと考えていた。

【fragment】The day-2

「今連絡が入りました。《アラディアの鉄槌》が退却していきます」

課長のデスクの前に直立した若い男が言った。呪禁局職員の制服を着ている。本部勤務の事務員だ。

「よし、他県の呪禁官に解散を言い渡せ」

「えっ……」

若い男はきょとんとして古里織課長の顔を見た。

「……あの、後を追わないのですか。今なら《アラディアの鉄槌》を壊滅するチャンスなのに」

「チャンス？」

古里織課長は薄笑いを浮かべながら男の顔を見た。

「おまえ、ここに勤めて何年だ」

「二年と半年です」

「その二年と半年に渡って事務仕事で学んだ経験から、今がチャンスだと判断したわけか」

「……はい、そうです」

「全身全霊懸けて、そうだと言えるわけだな。今がチャンスだから、全国から集めた百人を超える呪禁官たちに後を追わせるだけの意味があると、その責任を取りますと、そういうわけなんだな」

男には返答が出来ない。

「いいか、退却している魔女の数はどれだけある」

「まだ二百人は超えるかと」

「二百人の魔女がばらばらに解散した後を、どうやって追跡する。呪禁官の数は限られている。おまえのような事務職の人間を加えてもだ。今捕えた魔女の処置だけでも手が足りないのは、ここにいて報告を聞いているだけのおまえにも充分わかっているな」

男は小さく頷く。

「まず各県の呪禁官を帰還させる。それから各部隊長に一斉連絡を入れろ。現場の呪禁官は今すぐそれぞれの部署に戻るようにな」

若い男はさらに困惑した顔になった。あの、と口ごもりながらも言う。

「手が空いた呪禁官を護送車へと向かわせなくても良いのですか」

古里織は眉間に皺を寄せ、土を食わされたような顔で男を見た。それでも男はぐっと堪えて話を続けた。

「まだ数十人の魔女が後を追っております。もしかしたら退却した魔女がそれに加わるかもしれません。報告では護送車は高速から降りて単独で行動しているとか。時間的にもうぎりぎりですし、もし日が暮れてしまった時のことを考えたら今すぐにでも応援を」

「舐めてるのか！」

テーブルを叩いて古里織が怒鳴った。男が金縛りに遭ったように固まった。

「何で通信担当の事務員ごときに、俺が教えを乞わねばならんのだ」

男は俯き黙り込んだままだ。

「おまえのご高説を俺がはいはいと訊くとでも思ったのか。舐めた口を利くんじゃない。おまえ、名前は高田だな」

胸の名札を見て古里織は言った。

俯き黙る男は、拳を握りしめて震えている。

「俺の指示通りに動け」

「はい」

「役にたたないおまえの頭など使う必要はない」

「はい」

「何だって？　聞こえないぞ」

「はい！」

男は正面を向き声を張り上げた。

「じゃあ、今からおまえは何をする」

「各県の呪禁官を帰還させ、現場の各部隊長に、今すぐそれぞれの部署に戻るように連絡します」

「そうだ。またひとつ賢くなったな。さあ、行け」

男は後ろを向いて逃げるように去っていった。

§1　黒い山羊《シュブ＝ニグラス》

1

「龍頭、悪いが運転を代わってもらえるか」

そう言ってギアは路肩に車を寄せ、龍頭と席を替わった。そして後部座席に行くと、ふてくされた顔の死亡人の横に座った。

「さて、そろそろおまえの話を聞こうか」

「話すことなんかないね」

顔を逸らせる。

「素直に話したら、裁判に有利なように証言してやるよ。最悪死刑だけは避けられるように話してやる。おまえが人の命をクソみたいに扱う外道だってことはわかってるが、それでもなんとかしてやろう。螺旋香を無事に運ぶのが俺たちの使命だ。そして螺旋香はこの世を滅ぼしかねない力を持っている。死人使いのこそ泥なんか、罪状が霞《かす》んで消えてしまうほどのな。俺の証言次第では死刑は免れることが出来る。後はおまえの態度次第で刑期を短くすることも可能だろう」

「そんなことを信じるとでも思っているのか」

「嘘はつかない」

「ギアはおまえと違って、というか普通の人間と違って嘘なんかつかないよ」

龍頭が運転席から真剣な声でそう言った。

「今ここで上司に頼んで確証をとってやりたいが、そのためには時間がいる。俺を信じろ」

ギアはじっと死亡人の顔を見た。

死亡人は頷きもしないが信じられないとも言わなかった。

ギアは話を進めた。

「死人を使って《塔》を盗むのにしくじったおまえは、おまえを雇った暴力団に脱走の手はずを頼んだ。そうだな」

「違う、いや、違うわけじゃないが」

「どっちだ」

「逮捕された時に連絡はした。逮捕されたのは俺の身代わりだから、とにかく物を回収したかったんだ」

「そしたら暴力団から指示が来た」

「そう。俺が呪禁局の配送係だってことを知ってたみたいだ」

「そこまで調べておまえに仕事を頼んだ」

死亡人が頷く。

「グレイプニル収容所に送られることもわかっていたわけだ」

「そう。そして俺の使っている死体が、俺の乗った護送車に乗せられることも知っていた」

「おまえがそれを命じられたのはいつだ」

「一週間ほど前だ」

「魔女の振りをした女たちが来ることは知らされていたのか」

「あんな女たちだとは知らなかった。しかし事故が起こることは聞いていた。事故が起これば《塔》を使って俺の身代わりを外に脱出させることも決まっていた」

「《塔》の使い方は知っていたのか」

「それは事前に教えられていた」

「脱走計画と一緒に？」

「そうじゃない。盗み出す時からだ。いざとなれば《塔》の力を使えと言われていた」

「いざとなれば、か……」

ギアはしばらく床を見つめて考えていた。

「盗み出す方法は任されていたのか」

「職員の一人を誘拐して殺し、調教した。喋ることも出来て生者と見分けのつかないような死体を作るには調整にそれなりの時間がかかる。いずれにしても、いつもの俺の手口だよ」

「何でしくじった」

「わからん。盗み出すまで何の問題もなかった。ところが会社の駐車場に《塔》を運び込んだら、そこで呪禁官が待っていた。どこかで情報が漏れたんだ」

「おまえも欺《だま》されてたってことか」

「今話しててそう思った」

憮然とした顔で死亡人はそう言った。

「あんな化け物が来るとは聞いてなかった」

本物の魔女たちのことだ。

「おまえにしてもそこそこ化け物だろ」

龍頭が笑う。

「そんなことを言うなら呪禁官にしたってそれほど変わらないだろう」

「そうだな」

ギアは頷く。

「俺たちにしても、工業魔術師と持ち上げられている連中にしても、魔術と縁のない人間からみたら化け物かもしれない。立場が変わって呪禁官というレッテルが剥がされたら、俺たちも化け物扱いされるかもしれない。だがな、それでも俺はこの世界を愛しているんだ。そこにどんな化け物が住んでいようと、自分自身が化け物と呼ばれようとな」

「ご立派なこって」

死亡人が鼻で笑う。

「いいように利用されてる小悪党が何を偉そうに言ってんだよ」

そう言ったのはギアたちの前に座った啓介だ。

なにおっ！　と死亡人が立ち上がりそうになるのを、ギアが押さえた。

「無用な挑発はするな」

啓介に言う。

「はい。でも先生を馬鹿にする奴は許せないんですよ」

「人を愚弄《ぐろう》するのは良くない行為だ。しかし、我々呪禁官が許してならないのはたったひとつ、不正だ。そして我々が守るのは正義だ。それ以外のことは些細《ささい》なことだ」

死亡人が鼻で笑う。

啓介が睨みつけると、死亡人はギアに言った。

「おまえ、そんなことを言ってる場合かよ。疑うことを知らない善人に、よく呪禁官が勤まるな」

「何が言いたい」

「魔女の息が掛かっているのを俺だけだと思っているらしいが、他の連中を疑ったことはないのか」

「どういう意味だ」

ギアが訊ねる。

「あの結婚詐欺野郎、腹の中に魔女系の呪物を呑んでたぞ。奴も魔女に何事か頼まれていたはずだ。魔女がいずれ助けてくれるとでも思っていたんじゃないか」

「呪物？」

「具体的に何かまではわからん。だが魔女の呪物が隠されていることぐらい、《塔》で呼び出した天使の力を使えば一発でわかった」

「その呪物はどうした」

「奴を溶かした時に一緒に溶けたんじゃないか。もし残っていたとしても護送車のどこかに落ちているだろうさ。さあ、俺や黒田以外にもう魔女の手先はいないと思うか。そう思っているなら、おまえはお人好《ひとよ》しと言うより馬鹿だ」

「あの馬鹿、殴っても良いですか」

啓介が真剣な顔でギアを見る。

「駄目だ」

拳を握ってしばらく死亡人を睨んでいた啓介が言う。

「先生、ぼくは思うんですが、あの《アラディアの鉄槌》というのは、いわゆる魔女というのとは違うと思うのですよ」

そこまで言うと、啓介はギアの顔を見た。飼い主の指示を待つ賢い犬の顔だ。

ギアが目で促すと、啓介は話を続ける。

「あっ、ちなみにぼくは卒業の時の小論文に魔女宗《ウイッカ》を選んでるんです。それで《アラディアの鉄槌》のこともいろいろと調べているんですが」

啓介は必死だ。

あの時追ってきた魔女は五人だった。

それは全員既に調伏済みだ。

二人が塵となって消えた。

魔女になって日数のあまりないものは、これで元の人間に戻ることも出来る。残りの三人は弱っているが生き延びた。ギアたちは後始末を警察に頼み、先を急いだ。

古里織課長はまだ数十人の魔女が残っていると言っていた。その残党が追ってきている可能性が高い。捕らえた魔女たちと一緒に啓介を残していくのも危険だと判断してここまで連れてきた。

しかし安全だと判断したら、そこで下ろされるだろう。そう思い、啓介は一所懸命に自分を売り込んでいるのだ。彼としてはどうしても尊敬する先生と一緒にグレイプニル収容所まで行きたかったのだ。

「だいたい最初からおかしいのです。魔女は普通空中移動を得意とします。かつてはそれが妄想であるのか現実であるのかが議論されたこともありましたが、オカルトが実行力をもって以降の魔女術は、飛行術を可能にしました。なのに何故バイアクへーにヘリコプターを襲わせたのでしょうか。

それもわざわざ本部内で。あれだけの数の信徒がいるのなら、ヘリコプターで運び出されてから空中で襲撃すればいい。そうすれば追撃してから棺の回収が簡単です。ところがそれをしなかった。二度目の襲撃も空からではなかった。あの時にイッカーマンのようなものが使われました。確かにケルトの魔術は魔女に近しいですよ。ですがウイッカーマンがあのように使われた実例はありません」

「結論は」

ギアが訊ねた。

「結論を聞きたい」

「はい。バイアクヘーを使うのはもちろんクトゥルー系の魔術師です。あっ、あのぼくは呪禁局が何もかもひっくるめてクトゥルー系と呼ぶのは雑だと思うんですよね。特にハスターをクトゥルー系と呼ぶのには抵抗がありますよ。どう考えてもこれらは対立関係に」

そこまで熱弁を振るって、ちらりとギアの顔を見た。

「すみません。あまり本題に関係なかったですね。ええと、そうだ、バイアクヘーが出てきたわけですから、普通ならハスターを崇める者が魔女の振りをしていると考えるべきでしょう」

「なんのためにそんな振りをする」

「クトゥルー系の団体はそれだけで違法だからです。ですからクトゥルー系の結社を起ち上げる時にはクトゥルーと関係ない振りをすることが多いのです」

そう言ってから、啓介は疑わしそうにギアを見た。

「これはテストですか」

「どういう意味だ」

「そんなこと、先生がご存じないわけがない」

「ありがとうございます」

「別に有り難がるようなことは言ってない。あのバイアクヘーに変身した男はハスターを崇める結社《黄衣の風》の人間だ。それがどうして《アラディアの鉄槌》と関係があるのかと考えた結論がそれだ。それで、君はこれからどうすれば良いと思う」

「何かがおかしいと思うのです。つまり、何ていうか、不自然なんですよ。《アラディアの鉄槌》の意図がよくわからない」

「螺旋香を奪いに来たんじゃないと言いたいのか」

「今話を聞いていましたが、もしその男が暴力団に最初から欺されていたとして、その暴力団の意図がわからない。この男が《塔》を盗んですぐに逮捕されるように暴力団が仕向けるとしたら、その理由は？　ぼくにはその暴力団は《塔》を手に入れたいと思っているとは思えない。

「話を続けて」

「はい。ええと、普通ならハスターがバイアクヘーを従えています。だからバイアクヘーを使役したのならハスターを崇める者と考えるべきでしょう。ですがぼくにはどうにも納得できない。何故かというと《アラディアの鉄槌》が魔女、女性だけで構成されているからです。ハスターは男性神であり、信者が女性だけの団体などないはずです。そこで結論を言うと、《アラディアの鉄槌》はハスターの妻であるとされるシュブ＝ニグラスを信仰しているんじゃないかと。邪神に女神は少ないですから。つまりあの襲ってきた魔女たちは千の黒山羊なのではないかと思うのです」

「それは同じ意見だ」

ギアが言った。

「本当ですか！」

声のトーンがいきなり上がった。

入れるのがついでだったように思えるんですよ」

「ついで？　じゃあ本来は何が目的だ」

「魔女のような刺客を用意していたのですから、最初から螺旋香が運ばれることを想定していたのですよね。ぼくは《アラディアの鉄槌》が暴力団に依頼したんだと思うんですよ」

「何を」

「《アラディアの鉄槌》は県本部の配送係に行旅死亡人と称する犯罪者が潜《もぐ》り込んでいることを知っていた。だから螺旋香が逮捕された時、それを利用することを思いついた。まずは暴力団経由で《塔》を盗み出させる。行旅死亡人はそれなりに名の知れた凶悪犯罪者です。しかもその持つ力がどんなものか知られていなかった。いったんはグレイプニル収容所へ送られることを予想していたのでしょう。だからバイアクヘーを使いヘリを墜落させ護送車に棺を運ばせた」

「螺旋香逮捕は今日の出来事だ。死亡人を巻き込んでいるのなら、少なくとも一週間前から準備は始まっていた。そんな前から準備は出来ない」

「おそらく螺旋香は県本部近くにある彼女の支部からしばらく移動できなかったんじゃないでしょうか。その支部に呪禁局の手が伸びることは予期していた。だから、もしアジトを襲撃された時の手はずを前から整えていた、というところじゃないでしょうか。そうでないなら、あるいは未来を予知していたか」

「今のところ未来を予知する事象だけは検証された実例がない。もちろん、だからないのだとは言わないが、その確率は低いだろうな。どのようなオカルトの力を持ってしても時間はどうしようもない。それが今のところの結論だ」

「そうですね。それならやはり、もしものことを予測していたんじゃないでしょうか。何しろ国家を相手取って戦うつもりだった魔女宗ですから、それくらいのことは考えていたのかもしれません」

「そうだとして、もっと奇妙なのは何故そこまで手を掛けて一度偽魔女に襲わせなければならなかったか、だ。その後にすべての信者を使ってまで襲ってきたのに」

「時間稼ぎかなと思います」

「時間稼ぎ」

「日が暮れるのを待っているのではないでしょうか。魔術戦になるかのように見せかけたのも、それで多少は手間取るだろうと考えてのことでしょう。その後信徒を総動員して戦いに挑んでも、結局は螺旋香の奪還にしくじったわけです。呪禁官に対抗するにはまだ力が足りない。唯一対抗出来るのは螺旋香だけだということですね。その螺旋香が逮捕されたのですから、誰もそれを助けることは出来ない。呪禁官がそれだけ手強《てごわ》いことはわかっていたわけですから。普段であるなら、総力戦で失敗した時点でもう終わりです。ですが今日はヴァルプルギスの夜です。夜まで時間を稼げば、魔女たちの力は何倍にもなる。上手くすれば、最初の襲撃で時間を稼ぎ、総力戦の途中で日が暮れれば良い。そう思っていたのじゃないでしょうか。だがそれも出来なかった。今は螺旋香の力を最大限に引き出し、自力で脱出できることを期待している。そんなところではないでしょうか」

話しながら啓介は前方を見た。陽は既に傾いている。

「今日の日没が午後六時二十分です」

時計を見ながら啓介が言った。

「今が五時二十五分ですから、後五十五分。日没までに到着するのは現在でもかなり難しいと思います」

「ってところに、さらに悪いお知らせです」

龍頭が言った。

皆の注目が龍頭に集まる。

「あのですね、道に迷いました」

「何を言ってるんだ」

ギアは運転席の背もたれから顔を前に突き出した。

「あちこちが通行止めなんだ。なんか、不発弾撤去のためだそうなんだけどさ、それでそのたびに進路を迂回《うかい》しているうちに、こんなことに」

「あんな馬鹿女に運転を任せるからだよね、イペリット」

「ほんとほんと。猿に運転任せちゃ駄目だよね、フォスゲン」

いつの間にか双子は目覚めていたようだ。

「人のことを猿だって言った奴、首引っこ抜くぞ」

龍頭が怒鳴る。

「猿が怒ったよ、イペリット」

「猿が怒ったね、フォスゲン」

「ギア、そいつらちょっと殴ってくれ」

龍頭が本気でそう言った。

「殴りはしない。だがおまえたちも挑発を止めろ。互いに得にはならない」

双子は後ろ手に手錠を掛けられ、脚は鎖で座席に固定されている。ガスマスクはベルトがロック出来るようになっており、そう簡単に外すことはできない。だがそれでも、この二人が非常にやっかいな人物であることに変わりはない。

「龍頭、いったん路肩に停めて現在地を確認しよう」

ギアに命じられ《霊柩車》を道路脇に停止させた。

「臭い」

外に出るなり、龍頭はそう言って鼻を押さえた。

「なんだこれ、動物園みたいな臭いだな」

鼻声になって龍頭は言う。

「奇妙だ」

ギアは周囲を見回した。

「人の気配がしない」

車一台、人一人通っていなかった。夕暮れ近くの住宅街とは思えない無人の街だ。

確かに明かりをつけるかどうか迷う時間帯ではあったが、見る限りでは窓がすべて閉ざされ、そこから光が漏れてはいない。

無人。

そう思える家から、しかし気配がした。

忌まわしく澱《よど》んだ気配。

その中で蠢《うごめ》く何か。

奇妙だった。何が奇妙かといって、今ここで外に出るまでこのことに気がついていなかったことだ。ギアも龍頭も、当然のことながら優れた霊的能力を持っている。霊的攻撃にはことのほか敏感だ。人も車もいないことは《霊柩車》の中でもわかる。悪臭も多少は車内でも臭っていたはずだ。そしてこの悪しき気配。これを何故ここで車から降りるまで感じ取れなかったのか。

こうしている間にも、熟柿《じゅくし》のような太陽がぶよぶよと形を変えながら西の地平に沈もうとしていた。町が血に染まっているかのように赤い。

「日が暮れるのが早過ぎる」

誰に言うとなくギアは呟いた。

「日没まではまだ余裕があるはずだ。おそらく結界が張られている。我々はここに導かれたんだ」

ギアは龍頭に言った。

「早くここを離れよう」

「でも、道がわかんないよ」

「道に迷っているのも霊的な罠だ。ここを抜け出るにはどこかで場を聖別しないと駄目だろう。カバラ十字で祓えば何とかなるかもしれない。とにかく移動しよう。かなり大掛かりな罠だ。しかもこの攻撃を気づかれないように霊的なジャミングまで施してある高度な罠だ。それなりの仕掛けがあるだろう」

降りたばかりの二人はそそくさと《霊柩車》に乗り込んだ。龍頭は運転席に、ギアが後部座席へとつく。するとすぐに藍《ラン》が話しかけてきた。

「私の手錠と脚の鎖を外してくれるか」

ギアが「無理だ」と即答する。

「魔女がまた来るんだろ。協力しよう」

ギアはじっと藍を見た。藍は黙って見返す。すると龍頭が口を挟んだ。

「ギア、あたしが保証するから、手伝ってもらいましょう」

「保証？　何をどうするつもりだ」

「どうって、そこまで考えてないけど、大丈夫だよ。彼は逃げない」

藍は何も言わずギアの顔を見ている。

ギアは龍頭の直感を信じることにした。彼にしても緊急時は直感に従うことにしているのだ。

ギアは藍の錠を開けた。

「感謝する」

手錠を外し、藍はニコリともせずそう言った。

「いいないいな。ぼくたちも手錠を外してよ」

「お願い、逃げないから」

「ねっ、お願い」

「駄目だ」

「ええ、どうしてだよ」

「ぼくたちも役に立つのにね、フォスゲン」

「こういう大人の態度に子供は傷つくんだよね、イペリット」

延々と話を続ける二人を無視し、ギアはカバラ十字の祓いを始めた。すぐに龍頭が唱和を始める。

今日何度目かのカバラ十字の祓いだ。

その間にも《霊柩車》は無人の街を疾走していた。

――レ・オラーム・アーメン。

二人は同時に聖句を唱え終えた。

音が聞こえた。

不快な鳴き声だ。

心をざわつかせる悲鳴のようなその声は、魔女たちのものだ。

サイドミラーを見て龍頭が言った。

「奴らが来た。あれがどうして今までわからなかったんだよ」

ギアはウインドウを開き、顔を出して背後を見た。

課長は数十の魔女が後を追っていると言っていた。

そんなものではなかった。

魔女の数は百を超えるだろう。

黒い波が道路を押し寄せてくる。


この《霊柩車》に施されている霊的防衛処置は、あの護送車に比べるとかなり効力が弱い。魔女の群れに呑まれたらひとたまりもないだろう。

ただひとつの救いは、さすがの魔女たちも、ガソリン車相手にそう簡単には追いつけないことだ。

ギアは外套の内ポケットから筆を出してきた。鹿毛《かげ》に竹軸の太い筆だ。次に紙束を出した。そこから一枚をちぎり取る。

「龍頭、ビールを出せ」

「えっ？」

「文句は無しだ。早く」

ズボンに差し込んでいた缶ビールをギアに渡した。ギアは音を立ててプルトップを引くと、穂先をビールで濡らした。

一振りして雫《しずく》を飛ばすと、千切った紙にさらさらと何事かを書き記した。紙面が濡れたのはわかるが、何が書かれたのかはわからない。

その紙を左掌《ひだりて》に載せるとライターを出した。

大きく炎を出して紙に近づける。

濡れているはずの紙が一瞬で燃え上がった。たちまちそれは掌の上で白い灰になる。

ギアはそれを顔の前に持ってくると、ぺろりと舌で舐め取った。

「東海の神、名は阿明《あめい》、西海の神、名は祝良《しゅくりょう》」

呪文を唱えながら、開いた窓から顔を出した。

「南海の神、名は巨乗《きょじょう》、北海の神、名は禺強《ぐうきょう》、四海の大神、百鬼を退け、凶災を蕩《はら》う。急々如律令」

低く小声でそう呟くと、路面に唾を吐いた。

アスファルトの路面が泡立った。

煮込んだシチューのようにぼこぼこと泡立つ路面が波紋のように拡がっていく。と、そこから蜘蛛の子のようにわらわらと這い出てきたものがあった。

ビニールのようにぬめぬめと光る赤い皮膚。身体に比べるとずいぶん長く筋肉質の四肢。干し柿のように皺だらけの頭には瘤のような二本の角が生えている。

子鬼だ。

小学生ほどの大きさのそれが、たちまち路面を埋め尽くした。

召神劾鬼の法と『抱朴子《ほうぼくし》』に記される道教の秘法だ。

呼び出された子鬼はギアの命ずるままに行動する。

中の一匹が、迫る魔女の群れを見つけて、大声で吠えた。その声はたちまち子鬼たちに広がる。おんおんと夕暮れの街に子鬼の咆吼《ほうこう》が響き渡る。そして数百の子鬼たちは、鬨《とき》の声を上げて魔女の群れへと突進していった。

黒い魔女たちの壁と赤い子鬼の群れが正面から衝突する。

ずんっ、と地が轟《とどろ》いた。

数では追ってきた魔女たちと大差ない。若干子鬼たちの方が多いぐらいだ。だが数の差を凌駕《りょうが》するほど、大きさも力も圧倒的に魔女が勝《まさ》っていた。

一人一殺とは到底いかない。

一体の魔女相手に五、六匹の子鬼がしがみつく。同時に鋭い牙で噛みつき、カミソリのような爪で掻き、裂く。たとえ腕をもがれ腹を裂かれても攻撃の手を緩めない。

それでどうにか勝ちを収めることができた。一対一ではまるで勝負にもならない。

子鬼たちが魔女群を押しとどめていたのは一瞬だった。

すぐに黒い波の中に呑まれてしまった。

魔女も子鬼も、互いに死を怖れていない。

それぞれに肉体を引き裂き、噛み千切り、臓物を毟り合う、壮絶《そうぜつ》な消耗《しょうもう》戦だ。

もともと実態のない子鬼たちは、解体されると同時に赤黒い蒸気となって消え失せる。が、魔女たちは現実の肉体を持っている。

たちまち路面は血の海となった。

血溜まりはくるぶしを越え、側溝を詰まらせた。肉片はそこかしこに散らばり、指が、手が、脚が、そして転がる生首が踏まれ、蹴り飛ばされる。

湯気を上げる内臓の臭気は、まともな人間なら耐えられるものではない。

おぞましい戦いは、子鬼たちの数がある程度減ると、そこから一気に決着がついた。

そして凄惨な現場を残し、何事もなかったように魔女の群れは暴走を続ける。

2

「どうだ。出口は見えてきたか」

ギアが訊ねた。

「わからない」

龍頭の声も疲れている。

「だいたい今ここがどこかすらわからないんだからら」

《霊柩車》は走り続けているが、一向に出口は見えてこない。魔女の群れは、今のところ追ってきてはいないようだ。しかしギアにしても子鬼たちで魔女を食い止められるとは思っていなかった。

「俺の鎖を外してはくれないのか」

そう言ったのは死亡人だ。

「おまえに何が出来る」

「天使を召喚できる」

ギアに問われ胸を張った。

「天使を召喚したらここから抜け出ることができるのか」

「出来る。天使にはそれだけの力がある」

「もしそれが本当だとしたら」

うんうんと死亡人は頷く。

「やり方を教えろ」

むっとして死亡人はギアを睨む。

「おまえじゃ出来ない。他の誰にも出来ない。俺にしか出来ないんだ」

「《塔》はそれを誰にでも出来るようにするための呪具だろ」

かつては信仰の力や、非人間的な精神力などという個人的な能力がオカルトには絶対必要であった。が、今魔術と呼ばれるようなものは、そんなこととは無関係に、純粋に力として誰でも利用できるものになってきている。

とはいえ元来の資質や修行などによる熟練は、どうしても必要となる。中には本当に人を選ぶ呪法もある。

　それをより便利に誰にでも使いこなせるようにと開発されるのが、現在商品として販売されている呪具の数々だ。《塔》もそういった研究開発の結果生まれた呪具のはずだ。死亡人にしか使えないのでは開発する意味がない。

「おいおい、舐めてもらっちゃ困るな。死者を動かすのだって、そう簡単にはできないんだぞ」

「簡単には出来ないかもしれないが、出来ないものではない。俺に出来るかどうか試すためにも、天使の召喚手続きを教えろ」

「本当にやるんだな」

　死亡人はニヤニヤと笑いながらそう言った。

「やる」

　素っ気なくギアは答えた。

「それなら死体を用意してくれ」

「何を？」

「死体だよ。天使を憑依させることが出来るのは死人だけだ。普通の人間には高負荷で、召喚した大天使を憑依することに耐えられないんだ。だからまだ《塔》は試作品なんだ」

　得意そうに説明する死亡人を、ギアはじっと見て、言った。

「おまえが嘘をついているかもしれない」

「そうだな。嘘かもしれない。だがおまえにはそれを見破れない。とにかくやってみるしかないんだ。どうだ、誰か殺してみるか。それとも俺に拷《ごう》問《もん》でもして真実を聞き出すか」

「ギア、運転を代わってくれたら、あたしがその仕事を引き受けるよ」

　運転席から言ったのは龍頭だ。

　しばらくギアは黙り込んだ。

慌てたのは死亡人だ。

「おいおい、待てよ。何を考え込んでるんだよ。拷問は合法じゃないぞ。あんたの嫌いな不正じゃねえのかよ」

「この世が終わるかどうかと言うような時だ。不正も不正でなくなる」

「そんないい加減な」

「龍頭、車を停めろ」

「おっしゃ。待ってました！」

「おいおいおい、嘘だろう。それはないよなあ。おまえは堅物《かたぶつ》なんだろうが。規則を守る人間なんだろうが」

ギアはシートを越えて助手席に移動した。

路肩に車を寄せて停めると、龍頭はいったん車から降り、後部扉を開いて中へと乗り込む。

「何をしても良いんだよな」

死亡人の正面に来た龍頭が言った。

《霊柩車》はもう走り出している。

「殺してはいけない」

ぼそりとギアが言う。

「何を言ってるんだ。当たり前だろうが」

「当たり前でもない」

ギアが言った。

「だよね」

龍頭が笑う。

「おい、何とか言ってやれよ。こいつが勘違いして本気になったらどうするんだ」

「いつでも本気だよ」

ニヤニヤ笑いながら、龍頭は死亡人の前に立ち拳を固めた。

「待て、なっ、待て。俺は嘘をついていない。死体じゃなければあの《塔》で天使を憑けることは出来ない。やればわかるが、わかった時にはもう死んでるぞ」

「おまえさっき、この状況を天使を召喚すれば打破できると言ったよな。だから俺にやらせろと」

「えっ、ああ、そうだよ」

「死体はどうするつもりだった」

「それはおまえ、ほら……」

「自由になったら、ここにいる誰かを殺し、それを操って天使を召喚するつもりだった。そんなことをあたしたちが許可すると思うか？　思わないよな。つまりおまえが最初に殺そうと思っていたのは、あたしたちのどっちかだ。違うか」

「違う違う――」

「じゃあどうするつもりだった。死体はどうしても必要なんだろう？」

「そこら辺に落ちてる奴を――」

「はあ？」

「ほら、戦闘に突入したら、魔女の死体があちこちに転がってるだろう」


「今思いついたよな、それ」

死亡人はしばらく黙って俯いていたが、急に頭を起こし怒鳴った。

「あああ！　もう、面倒くせぃ。はいはい、そうですよ。死体でなくとも天使を操れるんだ。だが危険というか、そう簡単なことじゃないのは本当だ」

「それで、教える気になったのか」

「だから簡単じゃないと言ってるだろう」

「聖句は何を使った」

訊ねたのはギアだ。

「物見《ものみ》の塔の神々を喚起するためのエノク魔術儀式だ」

「天使は地の天使か」

「どうしてそれを」

「《塔》に地の天使の印章《シジル》が書かれてあった。それで《塔》がどこまでを代用する」

「最初から七番目の聖句まではすべて省ける」

「偉大なるアー・エツィー・アールからか」

「そうだ」

「使役が終わって追儺《ついな》はどうする」

「それは自動的に喚起終了が行われる」

「なるほど便利だな」

「えっ、質問は、っていうか注意事項は――」

「必要ない」

「それでわかったのか」

「だいたいな」

「しくじったら死ぬかもしれないんだぞ」

「高等魔術はどれもこれも危険と背中合わせだ」

《霊柩車》がゆっくりと停止した。

「龍頭、交代だ」

「ええっ、まだ一発も殴ってないのに」

「諦めろ」

舌打ちして今度は龍頭がシートを越えて前に出る。入れ替わってギアは後部座席に戻った。シートの下に押し込んでいた《塔》を取り出す。

《霊柩車》が走り出した。見る間に加速していく。

すぐに龍頭が言った。

「ギア、残念だけど、それを試してる暇はないかも」

神経を逆撫でする悲鳴が聞こえてきた。赤ん坊の上げる警告の悲鳴のように、胸の奥を揺さぶり不安感を煽《あお》る。

「時間を稼げ。天使を召喚してこの結界を崩す」

「了解」

龍頭がそう言った途端、上から派手な音が聞こえた。

「もう追いつかれたか」

龍頭が舌打ちする。

何者かが頭上で暴れているようだ。

《霊柩車》にも霊的防衛が施されているはずだが、

それはあまり効果を現してはいないようだった。

どん、どん、と繰り返し音がする。

そのたびに天井がたわむ。

「扉を開くぞ」

言ったのは藍だ。

了解を得る前に扉を開き、ルーフへ消えた。

二度、何かが天井に叩きつけられる音がした。

そしてフロントガラス越しに黒い影が落ちていった。

《霊柩車》が大きく揺れる。

落ちた黒い影を轢いたのだ。

「魔女だ」

言いながら藍は車中に戻ってきた。

「すぐ横を追ってくる。三十体ほどだな」

魔女たちは数キロに渡ってガソリン車を、同速で追ってきたことになる。

「たぶんあれで全部じゃないだろう。後続に追いつかれる前に逃げ切れるかどうかは運次第――」

藍の話の途中で派手な破裂音がした。

銃声に似ているがそうではない。

パンクだ。

ばたばたと破れたゴムを巻き込む音がする。

ハンドルを取られ、《霊柩車》は蛇行《だこう》を始めた。

「来るぞ！」

龍頭が叫ぶ。

魔女たちが《霊柩車》へと駆け寄ってきた。

車体がガタガタと激しく揺れる。

今度は前輪がパンクしたのだ。

驚くべきことに、魔女たちは車体の下へと滑り込み、巻き込まれつつもタイヤを噛み千切り、爪で引き裂いているのだ。

たちまちスピードが落ちてゆく。

明かりに群がる蛾のように魔女たちが集まってきた。

蛇行で収まらず、《霊柩車》はとうとうスピンを始めた。

独楽《こま》のようにぐるぐると回転し、群がる魔女たちを弾き飛ばしながら、ガードレールを紙のように押しつぶしてようやく停止した。

同時に扉が開くと、ギア、龍頭、それに藍の三人が飛び出した。

「ぼくもお手伝いを」

言い掛けた啓介に「留守番だ」と言い捨てギアは扉を閉じた。

手指を揃えた両手を前に出し、少し腰を落とした特有の構えで藍は立っていた。

龍頭が手早くカバラ十字の祓いを行う。

そしてギアは錫杖を長く伸ばして言った。

「俺は結界を張る。後は二人でやってくれ」

「任せといて。いつもの簡単なお仕事だから」

龍頭が言う。

「あの」

扉を開いて、また啓介が顔を出した。

「これ、使いませんか」

手に持っているのは実習用に聖別してある十字の短剣だった。

「お、いいねえ」

言った龍頭に、啓介は短剣を投げた。

「さんきゅ。おまえは中に入ってろよ」

「はい」

元気よくそう言って扉を閉めた。

「藍さん、武器はいらないのか」

藍はゆっくりと首を横に振った。

ギアは《霊柩車》のフロントバンパーに足を掛けて、一気にルーフに上がる。

両手で持った錫杖を縦に構えた。

地上へと垂直に立てた杖は、長剣に見立てられる。

ギアが重く震える声で聖句を唱え始めた。

「神の御名において、力の剣を取りて、悪と侵略より防御せん」

地にへばりつく平蜘蛛《ひらたぐも》のような姿勢で、魔女たちは這い寄ってきた。

最初からそういう生き物であったように、動きは怖ろしく速い。

思いも掛けぬ角度から、二体の魔女が藍に飛びかかってきた。

しかし藍にとって、それはこぼした水が上から下へと流れるほど当然の動きだったようだ。

跳びつく二体の間を、するりと抜けた。

ただそれだけに見えた。

なのに魔女たちは膝を崩し、その場に倒れると身体を震わせた。

指先を揃えた牛舌掌《ぎゅうぜつしょう》という掌法で天穴を突いたのだ。その途端、埋め込まれた呪符から流れる霊的波動がすべて絶ち切られた。

間を置かず魔女たちが次々に藍を襲う。

が、その誰もが指先一つ藍に触れることが出来ない。

まるで疫病《はやりやまい》に感染したように、藍の周りで魔女たちがばたばた倒れていった。

龍頭はそれを、食い入るように見詰めては溜め息をついていた。恋人を見詰める少女の目だが、彼女が惚れているのは藍ではなく、藍の技だ。

すっかり魂を奪われたその様子を油断と感じたのだろう。

ここぞとばかり、数体の魔女が一気に龍頭へと襲いかかった。

食事中の獣にちょっかいを出すのと同じだ。

技の鑑賞を邪魔された龍頭は、怒りが瞬時に燃え上がる。一体の魔女が低い姿勢から、龍頭の喉元へと腕を突き上げた。

鋭い爪が狙うのは柔らかい喉だ。

皮一枚の差で爪をかわし、伸びた腕に腕を絡める。次の瞬間、厭な音とともに魔女の肘《ひじ》関節が外れた。同時にナイフが魔女の脇に突き立った。

灰色の埃が噴き出し、ナイフは細かな襞に包まれた黒く分厚い皮膚を貫いた。普通の刃物では魔女の黒い肌を貫けない。聖別された短剣が身体を覆った霊的防衛を無効にして灰に変えたからこそ魔女の皮を裂けるのだ。

突き入れられた鋭い刃が、太い腋窩《えきか》動脈を掻き切った。

抜き取り、間断なく今度は喉を突く。

幾度も突く。

さすがの魔女も血飛沫《ちしぶき》を騒々しく噴き上げながら路面に沈んだ。

流れる血潮《ちしお》の中、龍頭は一滴の血を浴びてもいない。


その背後から飛びつく魔女がいた。

肩を掴み喉を噛み切るべく後ろから頭を突き出す。

突きだしたその顔を、身体をひねりながら正拳《せいけん》で突いた。

無理な姿勢からの突きにもかかわらず、拳は鼻を砕き牙を折った。

だがそれでも魔女は背中にしがみつき離れない。

龍頭は逆手に持ったナイフでその脇腹を突き、肉をこじる。内臓をかき混ぜる。

さすがに肩を掴む力が抜けた。

その時正面から飛びかかってくる魔女が見えた。

龍頭は背後にいる魔女の首を掴み、前へ投げ飛ばした。

飛びかかってきた魔女へと叩きつけたのだ。

二体の魔女が重なって路面に崩れる。

そこに馬乗りになると魔女たちにたちまちとど

めを刺した。さすがに龍頭も血塗れだ。

三体目の魔女が襲いかかる。

四体目が這い寄ってくる。

龍頭は近づくものたちの黒い皮膚を埃に変え、効率的に動脈を狙い首筋や脇、腿《もも》を何度も何度も突く。

頭から血のシャワーを浴びた龍頭は、まるで赤い悪魔だ。

その頃ギアは、心を静め、手にした錫杖が炎に包まれた長剣であることを想像していた。黙想とイメージ喚起こそが魔術師の必須技術だ。

想いが一点を超えて現実を侵犯《しんぱん》した。

その時ギアの手にしているのは不可視の炎の剣となった。

白く輝く炎の剣の先から、鉄をも一瞬で蒸発させる炎が噴きだしている。

ギアはその切っ先から噴き出す炎で、車の周囲にゆっくりと大きな炎の円を描いていく。

切っ先が差すところにいた魔女たちが悲鳴を上げて弾け飛んだ。

幾体もの魔女たちがぎゃあぎゃあと騒ぎ、酷い臭いのする黒い煙を上げて転がり回っている。

想念の炎に焼かれたのだ。

「力強き大天使ラファエルよ、東より来たるすべての悪より我を守りたまえ」

ギアはさらに聖句を唱えた。

背後から《霊柩車》のルーフへと跳躍した魔女がいた。

音もなくギアの背後に立つ。

そこがギアの東側だった。一瞬大天使の姿が光となって見えた。

魔女は犬のような悲鳴を上げ、《霊柩車》から転げ落ちた。

全身から炎が吹き上げていた。

炭化した皮膚が裂け、泡立ちながら黄色い脂が吹きこぼれる。

ギアは続いて南のミカエル、西のガブリエル、北のウリエルにそれぞれ祈りを捧げていく。

最後は東を向き、炎の円陣が閉じる様子をイメージした。

《霊柩車》はその周囲を聖なる炎に囲まれたのだ。炎の円陣は悪しきものへ確実に効果を現す。魔女たちはその円を越えて中へは入ってこれない。

それが判っているにもかかわらず、無謀にも円を越えようとした魔女たちが次々に黒焦げの死体と化した。

当面の敵は、その時既に円の中にいた魔女たちだけとなった。

藍と龍頭の活躍で、その数は半減していた。

龍頭はかなり疲れていた。

魔女の突きや蹴りを受ける回数が増えている。

赤く染まった龍頭の身体に、龍頭自身から流れる血も混ざっていた。

魔女たちは幾度刺されても立ち上がってくる。不死身ではない。しかし彼女たちは絶命する寸前まで戦い続ける。傷や痛み、体液の流出で戦意を消失することがないのだ。

いくら効率よく攻撃したところで、そんな相手を動けなくするのには手間が掛かる。

人数は限られているとはいえ、一人で相手をするには限度があった。

珍しく息が上がっている。

すでに集中力を欠きつつあった。

わずかに受ける手が遅れ、運ぶ脚が乱れる。

そのためにますます攻撃の威力は弱まり、相手の攻撃を受ける頻度が増していく。

「発勁《はっけい》は使えるか」

命のやりとりをしている場とは思えぬ落ち着い

た声が聞こえた。

藍だ。

藍は龍頭と違い、息も乱れず、汗一つかいていない。

「使えます」

龍頭は問いに答えた。

発勁とは勁、あるいは功と呼ばれるある種の力を用いる技だ。本来は特殊な身体動作を習得することで鈍く重い衝撃を、特に相手の内部へと与えることを可能にする技術である。が、魔術が計測可能な物理的力を持った時、それは『気』という心的エネルギーと結びつき、それまでとは比べものにならない強大な力と用法を持つこととなった。

龍頭はそれほど得意ではないが、武術者として発勁を使う。相手に触れず倒したり、壁を通して、その向こうにある人体内部を破壊することも出来た。

ただ本人は直接殴る方が好みではあったが。

その発勁を使えと藍は言う。

「聖別された短剣は気を通す。切ると同時に発勁でも打つのだ。そうすれば血流を通じて気が流れ、一撃で魔女どもの動きを止めることが出来る」

襲い来る魔女と戦いながらの教えだった。

こうして説明している間にも三体の魔女が倒れた。

そして今龍頭の前には、裂いた腹から内臓を垂らしながら襲ってくる魔女がいた。

彼女たちに特有の低く腰を落とした姿勢から、それは飛び掛かってきた。

その首筋に短剣を突き入れ、同時に発勁を打った。

びくん、と電気が流れたように魔女は震え、脚の骨を抜き取られたようにぐにゃぐにゃとその場に倒れた。

「筋《すじ》が良い」

藍が言う。

龍頭は血塗れの顔で嬉しそうに笑った。

3

ギアの作った結界は絶大な力を持っていた。

すでに後陣の魔女たちもこの場に追いついていた。《霊柩車》の周囲、半径二十メートルほどの円の外には、黒い魔女たちの壁が出来ていた。

魔女たちは殺虫灯の青い明かりに集まる虫たちのように、炎の円陣に突っ込んできては自滅していく。

もうすでに魔女の数は半分以下に減っていた。

そして円陣内部の魔女は藍と龍頭の力ですべてを倒していた。


スペアのタイヤは一つしか積んでいなかった。もうこれ以上《霊柩車》で進むことは難しい。かといってこの近くに車はない。乗り換えも不可能だ。

つまりここから先は歩いて行くしかなかった。魔女たちはここで待っていれば自滅していくだろう。そうでなくても、これだけの数ならギアたち三人で、さして手間を掛けずに全滅させることが可能だろう。

だが問題は時間だった。

陽はもう半ば以上地平線の向こうへと消えている。

夜は目の前だった。

たとえ魔女たちが滅びたとしても、一番の問題は白い棺の中の螺旋香だった。直に世界を滅ぼす力を持った魔女が、ヴァルプルギスの夜を迎え最大の力を有するようになる。

そうなっても白い棺の結界だけでそれを抑え込むことが出来るのかどうか。それは誰にもわからない。

「ねえねえ、どうせここから歩くんでしょ。少なくとも脚の鎖をはずしてよ」

「ほんとほんと、イペリットの言うとおりだよ」

返事はない。

「けっこうぼくたち役にたつのがわかんないんだよ、イペリット」

「奴ら馬鹿だからね、フォスゲン」

「猿はどうやっても猿さ、イペリット」

そう言って二人はクスクスと笑う。

手錠にガスマスク姿の双子は、脚の鎖で繋がっていた。

二人の横にいるのは不安そうな顔の鬼頭だ。腰を下ろし膝を抱え、まるで迷子だった。

少し離れたところでつまらなそうな顔でいるのが啓介だ。暇をもてあまし、意味なく同じところをぐるぐると歩き出した。

ギアは《霊柩車》の中で天使を召喚している最中だ。指導しているのが死亡人であることに不安はあるが、龍頭はギアを絶大に信頼していた。

万が一の間違いもない。

そう確信していた。

藍は円を描きつつ旋回する、走圏《そうけん》という練法を続けていた。派手な動きがないので、ゆっくりと体操をしているようにも見える。

「あの、藍さん」

龍頭はその藍に近づき、言った。

「打穴っていうの、教えてもらえませんか」

藍は不思議そうな顔で龍頭を見た。

「お願いします」

龍頭は深く頭を下げた。

「罪人に頭を下げるのか」

「未決囚でしょ。まあ、たとえ罪人だとしても頼み事があれば頭を下げるけどさ」

藍は動きを止め、じっと龍頭を見た。

「発勁は使えるのだな」

龍頭は頷く。

そのおかげで魔女を倒すのが格段に簡単になったのだ。

「経穴を学んでいるか」

「当然ですよ。呪禁官養成学校で習いますからね」

「ならば太陽穴がどこかわかるか」

「ここですよね」

眉尻《まゆじり》のあたりを指差した。

「そう、それが八不打《はちふだ》の一つだ。打つなと教えられたな」

「そうです」

「ではそこを打て」

龍頭の前に直立し、藍は自らの眉尻とこめかみの間を人差し指で差した。

「えっ」

「打つんだ。遠慮するな。遠慮すると俺がおまえの太陽穴を打つ」

そう言ってにこりともせず続ける。

「私が打つと死ぬぞ」

冗談には聞こえなかった。

「はい。でも経穴は鍼で打つ方法しか習っていません。そんな小さな点を指で打つことは無理です」

「発勁がある。力を集中し、鍼のように細く長く、勁で太陽穴をつくのだ」

龍頭は肩幅に足を広げ、正面を見ると一礼した。少し腰を落とし、指先は伸ばして揃えた。藍を真似て牛舌掌の掌法をとったのだ。

ゆったりと腹式呼吸を繰り返し、臍《へそ》の下、丹田《たんでん》へ気をためていく。

すとんと力が丹田に落ちたのを感じた。

気合い一声、大きく一歩を踏み込み、揃えた指先で眉尻を突いた。

細く伸ばした勁が突き立つのを感じた。

藍が動いたようには見えなかった。

じっと立っている。

「外れましたか」

構えを解いて龍頭は言った。

「見事だ。正確に太陽穴をついた。だが俺が避けた」

「避けたようには見えませんでした」

「一ミリの何分の一かずれれば、打穴は無効になる。戦いながら正確に発勁を打ち込むのに、何年もの修行を必要とする。たとえ呪具の力を借りようとだ。おまえには素質がある。が、どれほど素質があったところで、そんなものが一日二日で学べはしない」

「それは充分わかっております、先生」

いつの間にか尊称がついていた。

「終わったぞ」

《霊柩車》からギアが降りてきた。酷く顔色が悪い。その後ろから死亡人が現れた。これもまた疲れ切った顔をしている。

「どうだった」

龍頭が訊ねた。

「もう結界はないはずだ。自由にここを出られる」

龍頭はじっとギアを見て、言った。

「天使、憑いてる？」

いいや、とギアは首を横に振った。

「こいつの言うことは嘘じゃなかった。天使を憑依させるのにはかなり負荷が掛かる。ずっと憑依させておけるもんじゃなかった」

「じゃあ、もう還ったんだ」

「ああ、さあ、これでこの町を離れる事が出来る」

そう言いながら足元がふらついていた。

「あのギアが」と龍頭は思い、天使を呼び出すのがどれほど大変なことかを知った。

「こいつ、頭おかしいよ」

死亡人がそれでも感心した顔で言った。

「無茶だよ。普通なら死んでるところだ」

「さて、ここから歩いて行くことになる」

死亡人の言葉は無視してギアは言った。

「棺は担いで行くことになるのだが」

ギアは周囲を見回した。

「死亡人」

「なんだ」

「死んだ魔女を操って、これを担がせることが出来るな」

棺には左右に三つずつ取っ手がついているのだ。

死亡人は死んだ魔女たちを目で追った。全部で六体の死体を蘇らせなければならない。

「おまえたちがぐしゃぐしゃにしているから、もしかしたら使い物にならないかもしれないが、数だけはあるからなあ」

「やるんだ。人数が足りなければその時はおまえにも担いでもらうぞ」

死亡人は大きな溜め息をついた。

ギアは《塔》を他の道具類と一緒に、大きなリュックに突っ込み啓介に渡した。啓介の顔が一気に明るくなった。

「これを運んでくれ。出来るな」

「はい」

直立不動の姿勢で啓介はそう言った。

「さあ、今度は車の周りの結界を外すぞ」

周囲にまだ魔女たちの姿はあった。

「おまえたちは《霊柩車》の中に入っていろ」

「また移動？」

「もう面倒くさいなあ」

文句を言いながらも双子が入っていった。次が鬼頭。そし啓介が入る。
「俺も《霊柩車》に隠れていて良いのか」
死亡人が言った。
「何か出来るのか」
ギアが訊ねると、死亡人は激しく左右に首を振ると、車の中へと消えた。
扉が閉じる。
「我々三人で充分だな」
ギアは錫杖を手にすると立ち上がり、小さく聖句を唱えた。
それだけだった。
彼らを守るために周囲に拡がっていた炎が、その時すべて掻き消えた。
魔女たちは一斉に襲いかかってきた。
もうその数は最初の頃の四分の一もない。
魔女との戦いを学んだ龍頭と、無敵とも言える藍。そこにギアが加わったのだ。
難しい仕事ではなかった。
あっさりと残りの魔女たちを片付けてしまった。
だがどれほどあっさりと片付けたところで時間は経過する。
その間にとうとう太陽は地平線の下へと消えてしまった。
遠吠えが聞こえた。
犬だ。
どこかで犬が鳴いている。
遠吠えは遠吠えを呼ぶ。
一つが二つ、二つが四つ。
遠吠えの数は倍々に増えていく。
やがて膨れあがったそれは、闇そのものが恫喝《どうかつ》しているかのように迫ってきた。
そして犬の群れが彼らの前に現れた。
ぴたりと遠吠えが止んだ。
静寂が耳に痛い。

猛々しい気配を秘めた犬の群れが、帰る道を塞いでいた。もう後戻りは出来ないのだ。そう告げているようだった。

今この時、闇は勝利を収めていた。

ヴァルプルギスの夜が始まったのだ。

闇は煮詰めたように濃い。

街灯の明かりが急に心許《こころもと》なく霞んで見える。

黒く輪郭《りんかく》だけ残した家々が、もやもやとくすんで揺れた。

闇に浸され月が赤い。

その間にも犬たちはどんどん集まってくる。既に百を越え、尚も止むことなく集結している。犬たちはことごとく唇をめくり上げ唸り声を上げていた。

この犬もまた鴉たちと同じ使い魔だ。実在の生物ではない。犬と呼ぶのはそれが犬に似ているからで、闇の中では狼のようにも巨大なトカゲのようにも見える。ただあえて言うのなら「犬」としか言いようがない。

犬の群れは決して襲ってはこない。

遠巻きにして、闇にも白く光る目でギアたちを睨んでいた。

「行くぞ」

ギアは車中に声を掛けた。

中に入っていてどうなるものではないと判断したのだ。

行くのなら急いだ方が良い。それはあとの二人も同じ考えのようだった。

と、《霊柩車》の中から悲鳴が聞こえた。

扉を蹴り壊す勢いで、ギアは中へと飛び込んだ。

悲鳴を上げたのは鬼頭のようだった。

みんなの視線は一点に集中していた。

中央に置かれた白い棺だ。

その蓋が揺れているのだ。

ごりごりと厭な音を立て、揺れながらずれていく。

ヴァルプルギスの夜を迎え力を増大させた螺旋香が、とうとう棺の封印を解いたのだ。

ギアは呼吸を整える。

錫杖を握り直し、構えた。

そして棺へと近づいていった。

蓋はゆっくりと横へとスライドし、そしてとうとう大きな音を立て床に落ちた。

そっと近づいたギアは、油断なくその中を覗こうとした。

手が、飛び出した。

真っ白な細い腕だった。

そしてそれは半身を起こした。

少女だ。

少女は困惑した顔で周囲を見回した。

ギアと目が合う。

その細く白い腕を、動くのが不思議なほど小さな手の細い指を、ギアへと伸ばす。

そして妙にぽってりとした厚い唇を開いて、まぁぁぁあああ、と甲高い声で哀しげに鳴いた。

「相沢螺旋香だな」

ギアは訊ねた。

少女は黒目がちの大きな目でじっとギアを見詰めた。

潤《うる》んだ瞳は、今にも涙をこぼしそうだ。

身体が小刻みに震えていた。

怯えている。

誰が見てもそう見えただろう。

少女は訴えるようにギアを見詰め、さらに腕を伸ばした。

そしてもう一度、震える声でまぁぁぁあと鳴いた。

「君は相沢螺旋香なんだね」

ギアが再び訊ねると、少女は頷き、小さな消え入りそうな声で「たしけぇて」と言ったのだった。

【fragment】The day-3

それは見とれるほどに美しかった。

幾重《いくえ》にも重なるアーチが廊下の天井を支えている。

天井は高い。

見上げると、丸窓のステンドグラスから差し込む色とりどりの明かりが眩しい。まるでそれを見上げていることを叱責《しっせき》されているような気分になる。

丸窓は東と西に作られており、朝と夕に二度、この廊下を輝きで彩《いろど》る。

今、陽が差すのは西向きの窓だ。

まだ日が暮れるには間があった。

それでもどこかで待ち構えている闇が、じわじわと光を侵食している最中なのだ。この場所はまるでそれを阻止するための防波堤のようだった。

どこの呪禁局関連の建物もそうなのだが、基本的には神社や教会を模《も》した造りになっている。このグレイプニル収容所にしても、ゴシック様式の教会建築を模して造られた十四階建てのビルだ。

建物内も教会風の装飾が各所に施されている。その大半は単なる装飾ではなく、呪符としての意味を持っている。このグレイプニル収容所はその霊的防衛力に於いて世界一を誇っている。外部からの魔術的攻撃の影響を百パーセント近く遮断《しゃだん》し、建物内部ではあらゆる霊力呪力を無効にしてしまう。建物内ではどんな魔術も使えないのだ。

その広く高い天井や荘厳な柱の間を、太った少年は手をハンカチで拭きながら歩いていた。

「遅いよ、イケちゃん」

神経質そうな少年がそう言った。

「キー坊は心配性過ぎるよ」

イケちゃんはニコニコ笑いながらそう言った。

「少々遅くなったってそれがどうだってんだよ」

「だって、みんな、またいなくなったんだよ」

「みんなちょっとせっかちすぎ。もうちょっと落ち着いて見学しろよ。人生に余裕ってもんがないのかね。……そう言えば啓介はどうなったんだろうな」

何が「そう言えば」なのかわからない。

「先生はぜんぜん教えてくれないしさ、っつうかその先生どこ行った」

「だ、か、ら、イケちゃんがトイレに行ってる間に、みんながどっか行っちゃったんだってば。話ちゃんと聞いてる？」

「キー坊がしっかり見張っておかないから」

「ぼくの責任？」

うんうんとイケちゃんは頷く。

「まあ、良いけどさ。それよりも、とにかくみんなを探さなくちゃ」

二人はみんなが消えた方角へと急いだ。消えた方角を目指したはずだった。しかしいつまで経っても追いつくことはなかった。

どんどん収容所の奥まったところに来ているようだ。いつの間にか地階へと来ていた。明らかに見学のコースから外れている。ここでは先を急ぐ職員しか見ない。廊下に沿った部屋の扉も、アルファベットの数字の組み合わせで案内板もない。ここにはもう教会風の装飾などなかった。所々に素っ気なく呪符が彫り込まれ、立ち入り禁止の札があちこちに貼られている。それだけだ。

見学客の来るところではないのだ。

「俺らを置いてくなんて、ひどい奴らだよなあ」

「もともとはイケちゃんがぐずぐずしてるからでしょ」

「今は誰が悪いかとか言ってる場合じゃないだろう」

イケちゃんはそう言ってキー坊を睨んだ。

喉元まで込みあげてきた様々な反論をゴクリと呑み込んでから、キー坊は言った。

「みんなどこに行ったんだろう」

我ながら情けない声だった。歩き回って疲れていた。不安もあった。

「これで道に迷ったのは二回目でしょ。さっきもさんざん叱られたから、今度は間違いなく何かペナルティがあると思うな」

項垂《うなだ》れるキー坊に、ニコニコと笑いながらイケちゃんは言った。

「留年かもね」

「なんで嬉しそうなの」

「いや、まだまだみんなと遊んでいられると思ってさあ」

「あのねえ、イケちゃん」

キー坊は正面から真剣な顔でイケちゃんを見た。

「ぼくも啓介も確実に卒業するよ」

「ないない」

笑いながらイケちゃんは手を横に振る。

「成績のこと考えてよ、イケちゃん」

そう言われ、イケちゃんはしばらく斜め上を見上げて考え込むと、突然キー坊に向かって怒鳴った。

「おまえら、裏切りだあ！」

しっ、とキー坊が人差し指を唇に当てた。

「誰かに見つかって、強制的に先生の所に連れて行かれるのが一番まずいよ。向こうでぼくたちがいなくなったことに気がつく前に、ぼくたちの方からみんなを見つけないと」

「そうだそうだ。まったくそうだ」

急に浮き足立ったイケちゃんに「おちつけ」とでも言うように、落ち着いた淡いブルーで塗られた廊下へとやってきた。

壁や扉に彫り込まれた聖句や呪符の数が増えてきた。あちこちの部屋が職員以外立ち入り禁止だった。そしてとうとう廊下の行き止まりにまで追い込まれた。

そこに扉があった。アクリルの名札が掛けられているが、やはりアルファベットと数字だけだ。そこで何が行われているのかは、さっぱりわからない。わかるのはその下に書かれてある立ち入り禁止の文字だけだ。既に職員以外とも関係者以外とも書かれていない。とにかく「立ち入り禁止」なのだ。

やめようよとキー坊が止めたにもかかわらず、イケちゃんはノブに手を掛けた。開くとは思っていなかった。ところがガチャリと音がして扉が開いた。

二人は顔を見合わせた。

そしてイケちゃんは扉をそっと押し開けた。二人揃って部屋の中を覗き込んだ。スチールの大きな棚がずらりと並んでいた。資料室のようだった。

イケちゃんがキー坊の背を突いた。

あっ、と声を上げてキー坊は部屋の中へと入った。それに続いてイケちゃんが入る。そして後ろ手にそっと扉を閉じた。

「入っちゃったよ」

イケちゃんが楽しそうに言った。

どう考えても部外者の入れるような所ではなかった。

スチールの棚に並んでいるのはたくさんの金属製の箱だ。子供を納める棺ほどの大きさの箱には、半透明の小窓が付いていた。そこから覗くと、中にはぎっしりとファイルが詰まっていた。タイトルも見えるが、ヘブライ語かラテン語だ。キー坊にしても読み取るだけで精一杯だった。

奥の方で音がした。暗号キーを押す時の作動音のようだ。

二人は棚に身を隠しながら、奥へと進んだ。

部屋の突き当たりに、また扉があった。

銀行の貸金庫を思わせる大きな重々しい扉だった。

その前に男が一人、立っていた。

いかにも高価そうな背広を着た初老の紳士だ。彼は壁面のコントロールパネルを操作しているようだった。

素早くキーを押すのだが、すぐにエラー音が鳴る。

どうやら開けることが出来ないようだ。

男は舌打ちをした。

それからパネルと壁面の隙間に小さなドライバーを差し込んだ。

わずかに開いた隙間に、小さな紙片を滑り込ませた。紙は角の生えた人の形に切り抜かれていた。

「何してんだ、あれ」

イケちゃんが囁く。

キー坊はその口に手を当てた。

その紳士が振り返った。思わず二人は声を上げそうになった。

見間違うはずがない。手入れの行き届いた白髪も髭も、今日見たばかりだった。その中年の紳士は、県本部で彼らに挨拶をした古里織課長だったのだ。

「誰かいるのか」

古里織は言った。

二人は棚の陰にしゃがみ込み、身を隠した。

「ここは部外者の入れないところだ。わかっているんだな」

「出て行こう」

イケちゃんが言った。

「隠れていたらよけいに叱られるぞ」

もっともな意見だった。今なら出て行って頭を下げるだけで解放されるだろう。キー坊もそう思っていた。

だが理屈ではそう思っていても、どうしてか古里織課長の前に出て行く気になれなかった。恐ろしかったのだ。

あの課長がここで何をしていたのかわからない。わからないが、それはとても恐ろしいことのように思えた。それは直感だ。黄色と黒のどぎつい色彩の虫を見たら避けるように、生理的な何かが出て行くなと告げている。

「さあ、行くぞ」

イケちゃんはキー坊の手を取った。

「ああ、でも……」


抵抗はしたがもともと気が弱い。結局は言われるままに、棚の陰から顔を出した。すぐに後悔した。

古里織は二人へとまっすぐ銃口を向けていた。片手に収まる小ぶりの自動拳銃だった。

「何をしている」

にこりともせずに古里織は言った。

「いえ、あの道に迷ったんです」

キー坊が言う。

「そうです。ちょっとトイレに行ってるとですね、他のみんなとはぐれてしまいまして」

付け加えるイケちゃんを睨みつけて古里織は訊ねた。

「何を見た」

「えっ……」

二人揃って間の抜けた声を上げた。

「何を見たか聞いているんだよ」

苛立ちを隠そうともせずに古里織は言う。

「別に、何も見てません」

怯えながらキー坊は言う。その声が震えているのが我ながら滑稽《こっけい》だった。

「ここがどこかわかるか」

言いながら古里織は少しずつ近づいてくる。

「資料室ですよね」

愛想笑いを浮かべてイケちゃんが言った。

「君たちは見学に来ていた生徒だね」

同じように笑みを浮かべて古里織は言う。

「はい、そうです」

声を揃えた。

「君たちは約束を守れるかな」

「もちろんですよ」とイケちゃん。

「ここで見たことを誰にも言わない」

「言いませんよ。言うわけないじゃないですか」

イケちゃんはうわずった声でそう言った。

「わかった。それならちょっとこっちに来なさい」

課長は手招きした。

動こうとしない二人を見て、銃を胸のホルスターに納めた。

「さあ、こっちに」

耐えきれなかった。

キー坊の中にある臆病者のスイッチがカチリと入る。

逃げろ！

胸の奥で絶叫した。

イケちゃんの手を握る。

「逃げるんだ」

耳元で囁いた。

生まれて初めて、人に命令した。

グイと腕を引き、走った。

勢いに呑まれたのか、イケちゃんも同時に走り出した。

背後から銃声がした。
後悔したがもう遅い。
恐怖に背中を押され、棚の陰へと逃げ込み、ジグザグに走る。走り続ける。
逃げきれる自信はまったくなかった。

§２　死霊秘法《アル・アジフ》

１

赤い月と犬の群れが、ギアたちをずっと尾けてくる。

一度ギアが結界を張って犬たちを蹴散らした。すべてが煙と化して消え去ったが、数分も経たないうちにまた闇から犬たちは生まれた。何をするのでもないので、それからは放置してある。

ギアにとって問題は犬の群れではない。その背にしがみついて離れない螺旋香だ。まるで少女の形をしたリュックのようだった。

「いい加減に降りてくれないか」

うんざりした顔でギアは言った。

だが螺旋香は手と脚でしがみついて離れようとはしない。《霊柩車》を降りてからずっとだ。

「くわいですか」

螺旋香は言う。

「わたし、くわいですか。ねじか、くわいですか」

どう見てもこの少女が恐ろしい魔女宗の中でも過激なことで有名な《アラディアの鉄槌》の宗主で、世界を滅ぼす力を持った魔女だとは思えない。そしてヴァルプルギスの夜を迎えたであろう今も、少なくともまだ世界は滅びていない。

「おまえのことを怖がってはいない。今のところな。しかし油断しているわけじゃない」

「ゆだぁーん、ゆだぁーん」

何が気に入ったのか、歌うように螺旋香は繰り返した。するとそれを双子がすぐに真似る。三人揃って「ゆだぁーん」の合唱が始まった。

「うるさい！」

ギアが言うと双子は口々に、次はぼくをおんぶしてくれ。違う次はぼくだと言いだした。

ギアは何とかしてくれという目で龍頭を見た。

龍頭はニヤニヤ笑って首を横に振った。

「ギアは人気者だから諦めろ」

ギアの後ろには啓介が神妙な顔で付いてきている。ほとんど遠足に出掛けた引率の先生だ。

「それより、臭いが消えないいな」

龍頭が呟いた。

獣臭は一向に衰えていなかった。みんなこの獣臭が魔女たちのものだと思っていた。しかし魔女のいたところからは、もうかなり離れている。にもかかわらず、臭いはなくならない。それどころか、さらに濃くなっている。どう考えてもこれがあの魔女の臭いだとは思えない。

「あの犬たちかと思ったけど、そうでもなさそうだしな」

龍頭は付いてくる犬の群れを見た。臭いは犬の現れるずいぶん前からしている。

「町全体が臭うんだ」

ギアが言った。

「はら、へったあよ」

唐突にそう言って、螺旋香はギアの耳朶《じだ》を掴んで引っ張った。

「ほんとにはらぁへったあ」

「我慢しろ」

ギアがそう言うと、また双子が話を始める。

「腹減ったよね、イペリット」

「ほんと腹減ったよね、フォスゲン」

「こいつら、ぼくたちを飢え死にさせるつもりなのかな」

「かもしれないね、野蛮人だし」

「猿だよ、フォスゲン」

「猿だよね、イペリット」

「黙れ！」

ギアがつい怒鳴ると、双子は怒った怒ったと叫んで走り回りだした。

龍頭は藍《ラン》の話を真剣に聞いていた。時折藍が型らしきものを見せ、龍頭がそれを真似ている。その態度はいつになく真摯《しんし》だ。

鬼頭は一人で、リストラに遭ったサラリーマンのように背を丸めとぼとぼと歩いていた。

「螺旋香、おまえは一体何を考えている」

「かんがえて、ないよう」

「何を企んでいるか知らないが、徒歩ででもおまえをグレイブニル収容所まで連れて行ってやる」

「わたしを、くわくないの？　ないの？」

「怖くはない」

「ギアだけは、ほかの人とちがぁうね」

「他の人間はおまえに怯えるのか」

「おびーる？」

「怖がるのか」

うんうんと頷くがそれはギアには見えない。

「おまえは《アラディアの鉄槌》の宗主なんだろ」

「そうしゅ、なにぃ」

「一番偉い人だ」

「……ちょとだけ、そぅかも」

「だいたい、おまえは人間なのか」

「ちがうと、見える？」

「見えないが、だから人間であるとも言えない」

「なにぃ、なにが人とちがうの」

「魂だ。おまえは神か」

「そうでもかも。ヒトはね、信じたいものを信じるってさ」

急にわかったようなことを言う。

ギアが首をねじって後ろを見ると、螺旋香はただニコニコと笑っているだけだ。

「そんなこと誰に聞いた」

「かみさま」

「それはなんという名前の神様だ」

「かみさまってたくさん、なの？」

「そうだ」

「そうなの。かみさまは一人だと思っていたから」

「一柱」

後ろから訂正したのは啓介だ。

「おまえたちはシュブ＝ニグラスを崇める。そうだな」

啓介が質問を始めた。

「あがめむの？」

「崇めるだよ。ええと、信じてるかってこと」

「なにぃを」

「シュブ＝ニグラス」

「にぐ、にぐ。ねじかはニグぅなの？」

「こっちが訊いてるんだ」

「それなにぃ」

「邪神の名前だ」

「しゃしん？」

「わざと言ってるだろう」

「わざと」

「わざとなのか」

「わざと言えって、いったですよ」

「言ってない！」

とうとう啓介が怒鳴りつけた。

「おこた。この子、おこた」

ギアの背中で螺旋香が笑う。

尻馬《しりうま》に乗って怒った怒ったと囃《はや》し立てるのは双子だ。

「おまえたち、うるさいんだよ！」

言いながら啓介が追い掛け、双子が逃げ回る。

「待て！」

ギアが叫んだ。

「何かが来た」

獣臭に鼻がすっかり慣れていた。

背後から付いてくる犬の気配にも慣れていた。

そのために、より濃くなった臭いに、より濃くなった気配に、今まで誰も気がつかなかった。いや、今もその違いに気がついたのはギアと藍だけのようだった。

まだ暢気に走り回っていた双子は立ち止まり、肩で息をしながら話をしていた。

「本当に猿たちは臆病なんだからまいるよね、フォスゲン」

「本当だよ、イペリット。劣等種族というものはこうし――」

フォスゲンのガスマスクが弾け飛んだ。

いや、飛んだのはマスクだけでない。

千切れ飛んだガスマスクの中身が、路面をごろごろと転がった。

噴水のように血飛沫を上げて、首のないフォスゲンの身体が倒れた。

その血を全身に浴びて、イペリットが長々と悲鳴を上げた。

勘と運が彼に味方した。

仰け反り頭の位置をずらしたのだ。

その一撃は、危ういところで顔を掠《かす》めた。

マスクのベルトがふつりと切れる。

路面にガスマスクが落ちた。

金髪に縁取られた幼い顔が現れた。

悲鳴が途中から獣の咆吼へと変わった。

それに刺激されたのだろう。犬たちが一斉に吠え始める。

「おのれぇぇえええ」

端正な顔を歪め、イペリットは吠える。

その口を、これ以上ないほど大きく開いた。今にも顎が落ちそうだ。

「全員走れ！」

進行方向を指差し叫んだのはギアだ。イペリットが何を始めたのかがわかったからだ。

指差した方がイペリットから風上になる。

「急げ！　毒ガスだ！」

ギアは叫び続ける。幸い風はあまり強くは吹いていない。

イペリットの吹き出す毒ガスは、その名の通りの糜爛《びらん》性ガスのようだ。だがその力は現実のイペリットとは比べものにならない。

それはたちまち周辺の街路樹を腐らせていった。葉が色を失い一気に落ちると、幹が音を立てて水分を失い痩せていく。

イペリットを中心に、同心円上の樹が自重に耐えきれずバタバタと倒れていった。

浸食されたコンクリートはぼろぼろと崩れ、金属は錆びつき朽ちる。

少し離れたところに、奇怪な生き物が倒れていた。細長い四肢を痙攣させている。樹皮のような肌を持ったそれは、二本のいびつな角を生やしていた。突き出た口吻からゴボゴボと汚らしい泡を吹きこぼしている。

その忌まわしい生き物は、二匹倒れていた。どちらもごつごつした皮膚を爛《ただ》れ腐れさせ、赤黒い血を噴き出していた。

薄くなった腹が裂けて、内臓がはみ出てきた。

イペリットはそれでもガスを吐き続けている。

屋外なので、ガスはたちまち拡散していく。それはつまり同時に毒性が薄れていくということでもある。

それでも毒ガスはあらゆるものを溶かし腐らせながら風下へと広がっていく。

しかし腐り爛れた町に怖《お》じけることもなく、犬の群れは前進した。

イペリットは慟哭《どうこく》しながら、それでもガスを吐き出し続けていた。

犬の群れは唸り声を上げながらイペリットへと近づいていく。

使い魔たちに、毒ガスはまったく効果がなかった。

イペリットとそれほど大きさの変わらぬ犬が、牙を剥きだし薄黄色い涎を垂らしながら少年を取り囲む。

そして犬たちは、吠えもせずいきなりイペリットに襲いかかった。

2

「いいか。絶対に俺の背中から離れるな」

背後の螺旋香に言い聞かせて、ギアは懐から筆を出した。それでさらさらと自らの胸に何かを書き記す。墨どころか水もつけていないので、文字が見えるわけではない。

中国の呪法に禁術というものがある。人や獣、魑魅魍魎《ちみもうりょう》までもを制圧し操ることを可能とする呪法だ。

ギアが今しようとしているのは禁気術。大気を操る術だ。

かつかつと幾度も歯を細かく打ち鳴らし、口の中で呪詛を唱えると、ギアはイペリットの毒ガスの中へと踏み入った。風はギアと螺旋香の周りで渦巻き、大気の膜をつくっていた。毒の大気はそこから中へ入れない。もともとこの毒ガス自体が、呪法によって生じた一種の呪詛なのだ。だからこそ、物理的な毒物を対象とする以上に、それを抑える禁術は効果が増す。

外套をはためかせて、ギアは走った。背に少女を負っているとは思えない速さだ。

犬たちがうずたかくそこに積み上がっていた。しゃがみ込んだイペリットに、犬たちが蝿のようにたかっているのだ。

ギアは聖別された金貨を放った。

弾いた金貨が意志を持って何頭もの犬を貫く。ぼそっ、と陰気な音を立て、犬たちが黒い煙と化して消えていった。

中にいる血塗れのイペリットの姿が見えた。しゃがみ込んで動けなくなっているようだ。

ギアは錫杖で犬を蹴散らし、イペリットの襟を掴み、持ち上げ、抱き上げた。

ぐったりとしたその首が大きく裂けていた。犬どもに噛み裂かれたのだ。

片手で傷口を押さえ、ギアは走った。

もうイペリットは毒ガスを噴きだしてはいない。それどころか呼吸をしている様子がない。

走り続け、毒ガスからかなり離れたところまでやってきてイペリットを下ろした。

「ギアさん、にげよ」

背後で螺旋香が言う。

「しっかりしろ」

ギアが声を掛けると、イペリットは消え入りそうな声で「パパ、ぼくは怪物じゃないよね《Papa,Ich bin kein Monster.》」と囁いた。

「イペリット！」

再び呼びかけたギアに、しかしもう返事はなかった。開いたままの目はどこも見ていない。

ギアは少年の口の前に手をかざし、喉に指を当てて脈を探る。

息も脈もなかった。

その身体がみるみる冷たくなっていく。

「クソ」

喉の奥から吐き出すように、ギアは言った。

見開いた目をそっと閉じる。

それから紙片を出し、ボールペンで祈念文を書きながら声に出して読んだ。

――離一切苦、一切病痛、能解一切、生死之縛。

死者の霊を解き放つ祈念文だ。これを詠むことでギアの呪詛痕をつけ、後で探す時の指標とするのだ。悪霊化を防ぐ以上に、遺体回収のことを考えての祈念文だった。

「だめだ、ギアさん。にげよ。むすめがくるよ。千のむすめがくるよ」

「千の娘？」

「わたぁしのむすめ。くるよ。くるよ」

迫る黒々とした気配をギアも感じていた。

忌まわしいものたちが間近に迫っているのだ。

横たわるイペリットを残し、ギアは走った。すぐ近くでみんなが待っていた。

鬼頭はすでにかなり疲れているようだ。その場にしゃがみ込んでいた。

「どうやらまだ魔女はいるようだ」

ギアが言った。

「こいつの娘が来る」

ギアは肩から頭を出してくる螺旋香を見た。

「むすめ、くるよ。にげよにげよ」

螺旋香はおかしな抑揚《よくよう》をつけて言った。

「ということは、今度こそ信者じゃない本当に本物の千の仔山羊が来るんですよ、先生」

啓介が言った。昂揚《こうよう》しどこか嬉しそうだ。双子の惨状を彼は直接見てはいなかった。今起こっていることに実感がないのだろう。

「来るんじゃない。もう来ているんだ。フォスゲンたちはそれに殺された」

気配は、少しずつ形を持ち始めていた。

路地の陰に黒々と潜むものがいる。壁の向こうにも何かがいる。ごりごりと音を立ててマンホールの蓋が開く。

闇に沈んでいた家々が、急に活気づき始めた。

どこかで扉が開いた。

どこかで窓が開いた。

「ほらきたぁよ」

螺旋香が言った。

いあぁあああ。

螺旋香の第一声と同じ鳴き声が聞こえた。

そしてそれが真正面に姿を現した。

何に似ているか問われたらキリンと答えるだろう。だがその首は短く、細長い頭には二本のいびつな角が生えていた。全身はごつごつした樹皮のようなもので覆われている。そして細く長い四肢に関節らしきものはなく、勝手なところで曲がり、ぐにゃぐにゃと自在に動いた。

いあぁあああ！

再び《仔山羊》は鳴いた。不安を煽る声だった。

藍が一歩、前へと踏み出した。

龍頭がその横に並んだ。

先に動いたのは《仔山羊》だった。

龍頭たちが考えていた間合いを遙かに超え、それは跳んできた。

落下地点にいたのは藍だ。

わずかな身のこなしで《仔山羊》の蹄《ひずめ》を避けた藍は、その瞬間に数カ所の穴《けつ》を指先で打った。そしてそのどれもが穴を外したことを知った。

どこにこの怪物の経穴があるのか、まったく判らなかった。

無駄だったことを知った時点で、藍は大きく一歩離れた。

離れたつもりだった。

だが《仔山羊》はそれに合わせて跳んでいた。

宙空で一度、着地と同時に二度目を蹴ってきた。

最初の蹴りこそ外したが、二度目の蹴りは藍の背を掠めた。

服が裂け、皮膚が切れる。

たちまち背が赤く染まっていく。

龍頭が大きく跳んでいた。

振り上げた短剣を脇腹へと叩き下ろす。

ぶるりと《仔山羊》は胴を震わせた。

それだけで切っ先から逃れた。

短剣はかすりもしなかった。

着地した龍頭にも蹄が迫る。

路面を二転してそれを逃れると、間合いを必要以上に空けて立ち上がった。

「やはり、こいつには打穴が効かない」

藍が言った。

「人じゃないんですね」

「そうだな。場所を探っても無駄だ」

「錫杖と短剣とどちらがいいですか」

「錫杖をくれ」

龍頭はぽんと杖を投げた。

それを宙で受け、藍は《仔山羊》の胴体めがけてぶんと振った。

同時に龍頭が胴体を狙ってジャンプする。

今までの魔女とは比べものにならない強敵だった。二人掛かりでちょうどだった。

さらにもう一体の《仔山羊》が現れた。

その間にギアは紙片を取りだし、ボールペンで記号を書いていた。漢字のような文字と、端に白い丸をつけた曲線で描かれた針金細工のような記号。

それは道教の霊符――要するにお札だ。

二体目の《仔山羊》が、背後からギアへと飛びかかってきた。

鉈《なた》のような蹄をかいくぐり、ギアは腹の真下に入った。

そして白く膨れた腹に霊符を当てた。

焼け石に濡れた布を被《かぶ》せたような音がした。

と同時に《仔山羊》の身体が四散した。

水風船を割ったようなものだ。

褐色の体液が大量にばらまかれた。

すぐにその場を離れたギアにも、飛沫が掛かる。

くらくらするほどの獣臭に満たされた。間違いない。この《仔山羊》たちが悪臭の原因だ。

「ぬれたね、ぬれたよね」

螺旋香が呟いた。

「ばっちぃね」

「嫌なら降りろ。一人で逃げるんだ」

「てぇわ」

「はあ？」

「てぇは繋いでくれる？」

「後でな」

「むぅう、わかた」

そこでようやく螺旋香はギアの背から下りた。

その頃には藍は龍頭とのチームワークで《仔山羊》を叩き伏せ、首を裂いていた。

これで《仔山羊》が終わりだとは思えなかった。

それまでと同じく、百の単位の《仔山羊》が次々に現れるだろう。

三人で円を囲む。

「啓介、鬼頭、死亡人。ここに集まっていろ」

道の中央で三人が背中合わせに立った。

その周囲をギアと龍頭、そして藍の三人で囲む。

それからギアは、さっきと同じ霊符を急いで作りだした。

《仔山羊》が闇の中から現れた。

全部で六体。それぞれ大きさも形も少しずつ違う。枝分かれした角を持つもの。全身に細かく棘の生えたもの。長い尾の生えたもの。その姿は様々だが、細長い四肢と樹皮のような皮膚、そして額から生えた二本の角は共通していた。

おそらくこの六体で終わりではないだろう。

急いで二枚目の呪符に取りかかった時、啓介が言った。

「その呪符を一枚、ぼくにください」

「何をするんだ」

「あそこを見てください」

指差す先、道路脇にあるのはコンビニだった。電灯が消えて真っ暗だ。

「あれがどうした」

「電源がどうなっているかわかりませんが、もし使えるならあそこにコピー機があるはずです」

「だろうな」

「そこでこれをコピーするんですよ」

啓介はギアの手の中の霊符を指差した。

ギアは少しの間啓介を見てから、霊符を渡した。

そして死亡人に呼びかけた。

「こいつと一緒にあのコンビニまで行ってくれ」

「えっ、俺が」

「すぐ行け。時間がない」

六体の《仔山羊》がゆっくりとギアたちに近づいてきた。

一体が跳ぶ。

動きを見切ったギアが真下で待ち構え、その腹に霊符を貼った。

《仔山羊》は臭い体液をまき散らして炸裂した。

その体液で濡れた紙片に、急いで図形を書き込むと、ギアはそれを啓介に渡した。

「これも持って行け。獣が家に入るのを避ける為の霊符だ。コンビニに無事入れたら、入り口にこれを貼れ」

「はい、ありがとうございます」

啓介は頭を下げた。

「行け！」

ギアは叫んだ。

正面から《仔山羊》たちが駆け寄ってきた。

コンビニは逆方向だ。

啓介が走り出した。

迫る《仔山羊》を見て死亡人が啓介を追う。

「なんで俺なんだよ」

走りながら愚痴をこぼした。

「鬼頭さんよりは多少役に立つでしょ」

「何だよ、その多少ってのは」

「ましはましでしょ」

「馬鹿野郎、俺だって」

背後でぃぁあああと《仔山羊》の鳴き声がした。

死亡人の足が速まる。

道路を渡りきればコンビニだ。

ガラス扉は閉じ、中は真っ暗だった。

「ちょっと時間を稼いでください」

そう言って啓介はガラス扉に手を掛けた。力で無理矢理押し開けるつもりだ。

「ええ、俺がかよ」

振り返ると目の前に《仔山羊》がいた。

小さな《仔山羊》だった。それは長い手足をそのままに直立していた。蜘蛛が直立しているように奇妙だった。

死亡人は覚悟して大声で叫んだ。

「神の御息は我が息、我が息は神の御息なり。御息を以て吹けば獣どもの穢れは在《あ》らじ。残らじ。亜那《あな》清々し、亜那清々し」

息吹《いぶき》法と呼ばれる祓いの呪詛だ。

効果があったのかどうか、《仔山羊》は立ち止まり、へしゃげた卵のような瞳でじっと二人を見ている。

死亡人は何度もその呪詛を繰り返した。息吹法と言うだけあって、発声も呼吸法も特殊で多大な集中力を必要とする。

死亡人の得意とするのは、アブラメリン奥義書による守護天使召喚で学んだ死者蘇生術だ。ほとんどそれだけだと言っても良い。今行っている息吹法などは、修業時代の記憶を漁ってようやく思いだしたものだ。魔を遠ざける方法だったと記憶にはあるがそれも怪しい。

不慣れな呪法で、神経を集中し続けるには限度があった。

今、本当に俺の術であの化け物は止まっているのか。それともただの偶然か。

すぐに心が揺らぐ。

そう自問しだしたら、すでに集中力が途切れている証拠だ。

《仔山羊》が哀しげな声で鳴いた。

死亡人には哀れんでいるように聞こえた。

「開いた！」

啓介が叫ぶ。

呪詛を唱えつつ背後を見た。

コンビニの扉がわずかに開いていていた。その隙間からするりと啓介がくぐり抜けた。

悲鳴混じりの声を上げながら、死亡人はその隙間へと飛び込んだ。啓介には十分でも、体格の良い死亡人には難しい。腕を掛け、さらに扉を開きつつ中へと飛び込んだ。

肩を思い切りぶつけたが、痛いという余裕すらない。

一拍遅れて跳んできた《仔山羊》は――つまり多少は術が効いていたのだろう――前足をガラス扉にぶつけた。

割れてもおかしくない勢いだったが、そうはならなかった。

扉にはギアにもらった霊符が貼られてあったのだ。獣を室内に入れない霊符だ。イタチや猿がいたずらをしないために考案された霊符で、道教の霊符にはこのような細々した「おまじない」が無数に存在する。細分化されているが、そのどれもが確かな効果を発揮する。

ガラス扉の隙間から《仔山羊》は入り込もうとしたが、見えない壁に阻まれて入れない。

啓介は死亡人と力を合わせ、ガラス扉を再び閉めた。

「どこまであのお札とガラスで耐えきれるかわかりませんから、何か対策を取ってください」

啓介が言った。

「対策と言われてもだな……」

死亡人は啓介が背負っているリュックに目をやった。

「それを貸してくれ」

「駄目ですよ」

啓介は死亡人を睨みつける。

「俺なら《塔》を使って大天使を喚起出来る。これは本物の俺の魔術だ。自信を持ってあいつと」

ガラスの外にいる《仔山羊》を指差した。

「対抗できる魔術だ。頼む、それを貸してくれ」

啓介は頷けない。

「わかった。立場的にそれは無理だな。こうしろ。俺がおまえのリュックを奪ったことにするんだ。俺が無理矢理力尽くでおまえから奪い取った。それで良いだろう。早くしてくれ。いつあいつがガラスを割って入ってくるか判らん。第一、割らなくても、あそこに居座られたら外に出ることが出来なくなる。どっちにしても天使の力は必要なんだ。さあ、それを寄越せ」

まだ啓介は迷っていた。

「考えてみろよ。この状況でおまえの尊敬する葉車がどう判断するか。奴なら俺が何をしようと回収できる自信があるから、まず間違いなく俺に《塔》を引き渡すね。おまえみたいな心配性じゃあ、一人前の呪禁官にはなれないだろうさ」

死亡人が鼻で笑う。

「おまえが無理矢理奪ったんだ」

むっとした顔で啓介は独り言のように呟いた。

「そうだ、その通りだ」

死亡人がそう言うと、啓介はリュックをそこに置いてまずは電池と懐中電灯を探した。すぐに見つかったそれを点け、主電源を探しにバックヤードへと向かった。

関係者以外立ち入り禁止の扉がすぐに見つかった。ノブを掴んで扉を開く。

身体を半分ドアの向こうに突っ込んで、啓介は立ち止まった。

バックヤードに満ちていたのは、あの獣臭だった《仔山羊》がいるかもしれない。啓介は中に入り、丸く切り取られた懐中電灯の明かりで周囲を照らしていった。

奇妙なものがあった。

積み上げた段ボールの隙間に、灰緑色の袋があったのだ。一抱えもある大きな袋だ。

革袋のようだが、中が透けて見えるほど薄い。巨大な繭のようにも見えた。

びくん、と痙攣するように一部が揺れた。

これがコンビニで販売されているものでないことは明白だった。

あまり刺激しない方がいい。

そう判断し、啓介は明かりを壁へと向けた。配電盤はすぐに見つかった。主電源のブレーカーが落ちていた。音を立ててオンにする。

蛍光灯が次々に点灯を始めた。いきなり天国へと連れてこられたように、目映い明かりが店内を照らした。ついでに店内で流れる放送が開始された。脳天気なCMソングが店内に流れる。

啓介は慌ててバックヤードを抜けだし、店内に戻った。

死亡人は店内放送に負けない声で聖句を唱えて

いた。啓介はコピー機へと向かうと、霊符を置いた。

何匹いるかわからないが、とにかく百枚コピーしておこう。

啓介は枚数を決めて金を払い、スタートボタンを押した。機械音とともにコピー機が動き出す。

今のところは順調だった。

「よく使い方を知ってるな」

死亡人が言った。

「コンビニでしばらくバイトしてたんです、ってあれ、もう天使喚起の儀式は済んだんですか」

「ああ、そんなものは簡単なものだ」

「じゃあ、《塔》を返してください」

「あれえ？」

死亡人はニヤニヤと笑った。

「まさか、それ本気で言ってるんじゃないよな」

「どういうことですか」

「そんなもん、返すわけがないだろう」

「返す気がないなら、力で取り返します」

啓介は身体を半身に構えて腰を落とした。呪禁官養成学校で一律習う格闘技の構えだ。

死亡人はケラケラと笑った。

「そんなもので俺に勝てるとでも思っているのか」

「あの葉車先生ですら天使を自らに憑依させている時間はわずかでしたからね。おまえみたいな奴なら数分も保たないでしょう。時間を稼げばおまえは自滅する」

「なるほど。それであっさりと《塔》を俺に渡したわけか。でもなあ、俺はここでちょっとした宝物を見つけてたんだよ。おまえにはこの獣臭さに隠れてわからなかっただろうが、俺には親しい臭いなんですぐわかったよ」

「なんの話だ」

「死臭だ。ここには死臭が溢れていた。どうやらもう終わったみたいだ。良かったよ。おまえがBGMを流してくれたおかげで、こいつが最後の聖句を唱えている間ばれずにすんだよ。さあ、出てこい、山田」

カウンターの向こうでむくりと男が起き上がった。コンビニの制服を着た若い男だ。男だったというべきか。首が折れて頭が九十度横に傾いている。それは死体だった。

「短時間でここまでするのは大変なんだよ。普通はできたての生ける死者に部分的にしても聖句を喋らせたり出来ないんだよ。俺だから出来たんだからな。さて、山田君は大天使の力で守られている。逆らうのなら、その山田君におまえを煙に変えてもらっても良いんだぞ」

「卑怯者！」

啓介は怒鳴りつけた。怒りでこめかみに浮かんだ血管がひくひくと動いていた。

「あのなあ、考えてみろ。俺はやる気になれば今すぐにでもおまえを殺せるんだ。そうしないのは、ここまで一緒に来たから、ちょっと情が湧いたからだ。早い話、親切で生かしてやってるんだ。感謝ぐらいしても良いんじゃないのか」

啓介は動かない。

山田と死亡人を交互に見やって、チャンスをうかがっているのだ。彼は一つだけ逆転出来る方法を思いついていたのだ。

脳天気なCMソングの後ろで、コピー機の作動音だけがリズムを刻んでいる。主電源を入れたことで、さっきと状況が変わっているのだ。そのことに死亡人が気づいていないなら、チャンスは必ずやってくる。啓介はそれを待っていた。

「別に何をしろとは言わないから、そこでじっとしてるんだ。山田君、こっちを先に片付けてもらえるか」

死亡人は扉の向こうにいる小さな《仔山羊》を顎で差した。

山田は酔ってでもいるように、ふらふらとガラス扉の前へと進む。この瞬間に啓介は懸けていた。主電源を入れたことで、自動ドアの電源も入っているはずだ。つまり山田がドアの前に立てば勝手に扉が開く。そして開いた扉から《仔山羊》が入ってきたら、それを止める方法はもうない。そのどさくさに紛れてリュックを奪い返す。それが出来たらガラスに貼った霊符を奪い、コピー出来た分だけ手にしてバックヤードに逃げ込み、中からあの霊符を貼れば《仔山羊》は入ってこられない。その間に裏口から逃げ出す。そこまで上手くいくとは思えないが、せめて《塔》を奪い返すことは出来るかもしれない。

啓介はドアを見つめ、固唾を呑んで待ち構えた。

山田が扉の前に立った。

だが何も起こらなかった。故障か。それならこれで注意を引くしかない。

「危ない！」

啓介は叫んだ。

「扉が開くぞ！」

「ご親切にありがとう」

死亡人はニヤニヤ笑いながら言った。

「電源が入った時に、最初に自動ドアのプラグを抜いたよ。じゃあないと、化け物さんウエルカムって状態になるからな」

死亡人たちが扉の前に来たからだろう。番犬のようにじっとそこに座っていた《仔山羊》が、いあ、いあ、と吠えながら立ち上がった。

「あいつをやれ」

死亡人に言われて、山田は人差し指を伸ばすと、そこで吠えている《仔山羊》の額へガラス越しに向けて歪んだ三角形を描いた。

間髪入れず、《仔山羊》は風船のようにぽんと弾けた。汚らしい体液が周囲に飛散する。

その間に《塔》の入ったリュックを背負い、死亡人はガラス扉を押し開いた。

「坊主、よけいなことをするなよ」

そう言うと開いた隙間からまず山田を出し、続いて自分が出た。

もう啓介に出来ることは何もなかった。

「じゃあな、せいぜい頑張ってくれ」

言い残して行こうとした二人の前に、丸々と太った《仔山羊》が現れた。四肢は他の《仔山羊》と同じく細く長いので、まるでお盆に箸とナスで作る牛のようだった。

「やれ、山田」

自信たっぷりに死亡人が言った。

山田がゆっくりと手を上げる。

太った《仔山羊》は不思議そうにじっと山田を見ていた。

そこまでだった。

背後から迫っていたもう一体の《仔山羊》がいた。

それは前足の蹄で、山田の首を蹴り刎ねた。

山田の頭があっさりと飛ばされる。

作られたばかりの死体は動きが鈍い。高速で動き回れる《仔山羊》の敵ではない。

慌てて死亡人はコンビニに駆け戻ろうとした。

何もかも遅かった。

背後から《仔山羊》が飛び掛かってきた。

死亡人の身体は前にはじき飛ばされ、ガラス扉にヤモリのようにべたりとへばりついた。

濡れた雑巾を叩きつけたような音がした。

死亡人の腹には大穴が開いていた。

そこから鋭く尖った《仔山羊》の蹄が突き出ていた。

啓介は慌てて扉を閉め直す。

そのガラス戸に顔をこすりつけるようにして、死亡人は倒れた。みるみる血溜まりが拡がっていく。

死亡人を殺した《仔山羊》は、体中にテニスボール大の瘤があった。

太った《仔山羊》と瘤だらけの《仔山羊》は、扉の前で俯せる死亡人の遺体に食らいつく。口いっぱいに肉を頬張った《仔山羊》たちは、楽しそうにイア、イア、と鳴いた。

啓介はその場にうずくまって、吐いた。

何もかも吐き終わっても、それでも吐き気は収まらなかった。

胃を引きつらせ、ペットボトルの水で口をすいでから、一口二口飲みこむ。

獣臭と死臭に吐物が加わり、コンビニの中は悪臭に満ちていた。

啓介はぼんやりとコピー機を眺めていた。すぐに機械が止まった。百枚コピーし終わったようだ。

啓介はのろのろとカウンターの中に入り白い袋を出してくると、百枚の霊符を詰めた。それからレジの前へ行き、水と懐中電灯、そして電池の分の料金をカウンターに置いた。財布の中はほとんど空になってしまった。

啓介は外を見る。

そこには名実ともに行旅死亡人となった男が倒れている。背負っていたリュックは、食事の邪魔になったのだろう。ベルトを千切られ、横に放置されていた。二体の《仔山羊》はひたすら食事にいそしんでいる。

外に出てリュックを持ち、そしてこの二頭の《仔山羊》を倒してみんなの所に戻る。そんなことがぼくに可能だろうか。

疲れた顔で外を見つめながら啓介は思った。いかにしてここから脱出するか、その方法を考えるのだが、頭の中で考えが空転するばかりだ。

考えに熱中して、泥玉を壁に叩きつけるような音に気がつかなかったのは啓介の不注意だ。バックヤードでがさごそとかなりの音がしていたのだが、それもBGMに隠れて聞こえていなかった。

それでもその気配に気がついたのは、呪禁官としての鍛錬のたまものだったかもしれない。

あるいは単なる運か。

啓介が右横に跳んだのと、背後から強烈な憎悪が熱風のように噴き掛かってくるのは同時だった。

すぐに振り向かなかったのは啓介の判断だ。

さらに大きく前へと逃れてから、ようやく背後を見た。

今まで啓介のいたところに、小さな《仔山羊》がいた。額から太く短い角が二本突き出ていた。濁った白い目に、横一文字の黒い瞳。醜くデフォルメした山羊の仮面のようだった。

啓介はその事実を知らなかったが、それはバックヤードにあった袋から生まれ出たばかりの《仔山羊》だった。

その異相を見ながら、啓介は懸命に考えていた。《仔山羊》たちのスピードから考えると、逃げ切ることは不可能だ。

普通に戦えば間違いなく《仔山羊》に首を刎ねられる。

腹を蹴り抜かれた死亡人の姿を生々しく思い出した。

ギアや龍頭のように、人並み外れた反射神経と反応速度がなければ、これと互角には戦えない。

彼の使える魔術武器はコンビニの袋に入った霊符の束。

考えろ、考えろ。

啓介は唯一の正解を求め、必死になって考えを巡らせた。

3

小五の夏休みだった。

斉藤君がぼくを誘った。ぼくは誘われるまま付いていった。そうしたら、怖そうな中学生が大勢いて、金を出せと言われた。

ぼくは余計なところで正義漢だった。何も出来ないくせに向こう意気だけは強かった。

「いやです」

ぼくは言った。ぼくは小五の中でも小さな方だった。しかも痩せていた。中学生が巨人のように見えた。それでも、はっきりと言ったのだ。「いやです」と。

想像以上に酷い目に遭った。

殴られ蹴られ、裸に剥かれて唾を吐かれた。

限度を超えた痛みは、突如無痛へと切り替わる。

このまま死ぬんだ。

ぼんやりとそんなことを考えていた。

そしてまるで僧侶が悟りでもするように、突然思ったのだ。

これは理不尽だ、と。

そりゃあそうだ。暴力というものが理不尽なものなのだから。

でもその時、これは理不尽だと思った途端に、それが怒りに転じた。

頭の中で爆薬が炸裂したような衝撃だった。

怒りがこれほどに激しいものだと、ぼくは初めて知った。

その後のことはほとんど覚えていない。

とにかくぼくは家庭裁判所に送られて保護観察処分になった。

自分が何をしたのかは保護司から聞いた。

それが初めての獣化現象《ゾアントロピー》だった。

ねえ、これって、ほんとにぼくがわるいんでしょうか。

これって病気ですよね。

ぼくは苦しんだんですよ。

――それはたいへんだったね。

そう、そうなんです。たいへんだったんです。

――ひどいと思うよ。それ、君になんの責任もないわけだし。ひどいなあ。それが後であの事件につながるわけなんでしょ。

そうなんですよ。聞いてください。

休日だったか、夏休みだったか、春休みだったか、とにかく学校が休みの日です。ぼくは朝から近所の同級生に呼び出され、こき使われたあげくみんなのパンだとかコーラだとかを買わされて、ようやく帰宅したところでした。本当はもっと金を持ってこいと言われたのですが、ぼくは家まで逃げ帰ってきたのです。


それからぼくは、ずっと家の中でマンガを読んでいました。

その日は珍しく父も家にいました。

厳格な父でした。マンガは馬鹿の読むものだと思っていました。その父の前で、ぼくはマンガを読んで声を上げて笑っていました。

我慢できなかったんでしょうね。父はいきなりマンガを取り上げ、ゴミ箱に捨てました。

いつもなら父に逆らうことなんか絶対ありません。その時だって、初めから逆らったりはしなかったんですよ。

ところが父が言うんです。もっと勉強しろって。勉強して、良い学校を出たら、おまえのような人間でも一目置いてもらえるし、まともな就職もできるようになるんだ、って。それも繰り返し繰り返し、いつまでも。それで言えば言うほど、ぼくの態度が悪いとか言いだしてどんどん怒り出していくんですよ。

その日まで、ぼくはいろいろと我慢してきたつもりでした。ずっとずっと、何があっても我慢してきたつもりでした。なのに外で酷い目に遭っているぼくが、どうして帰ってからもこんな目に逢わなきゃならないんだって思いました。

――腹が立った？

立ちましたね。

かあっとなったら、頭の中が真っ白になっちゃって、その時、頭が吹き飛んだかと思いました。

それからのことは何も覚えていないって、警察にも弁護士にも言いましたけど、ほんとは少し覚えています。

流れる血とか目を見開いて怖がっている父親とか、小便垂らした母親とか、内臓を捌《さば》くとものすごく臭いことも。

――それでどうなったの。

不起訴でそのまま措置《そち》入院でした。

――君自身はどう思っていたの。

後悔しました。

自分に怯えていました。誰とも関わりたくないと思い、それからはずっとずっと病院で過ごしました。

――ところが、その病院でも怪物になっちゃったんだよね。

ああ、怪物なんて言わないでくださいよ。

――ごめんなさい。それで？

それで十二年、ぼくはベッドに縛り付けられていました。要するにずっと薬漬けになっていたんですよ。ほとんど寝たきりの状態でした。頭が腐っていたと思いますよ。それでもぼくは良かったんです。そのまま眠るように死ねたら良いなと、ぼくはいつも思っていたんですが、自殺も許されてはいなかったんですね。

——あの時のことをもっと詳しく教えてもらえる？

ええとですね、その時病院内で大規模な配置換えがありまして、ぼくの担当も変わっちゃったんですね。それで、新しく担当になった看護師に上手く引き継ぎが出来ていなかったんでしょうね。定期的なぼくへの注射の量を間違えていたんです。当然ですね。その時のぼくは普通の人なら即死するほどの鎮静剤を投与されていたんですから。これは間違いだろうって、担当の看護師が思ったみたいなんですよ。

——それであの事件が起こったんですね。

まあ、それだけなら、ぼくはゆっくりと目が覚めただけだったでしょうね。でもね、神様はどうしてもぼくにもう一暴れさせたかったんだと思いますよ。

その時院内に、抵抗できない患者を虐待《ぎゃくたい》している看護師がいたんですよ。どうやらぼくもそいつの標的になっていたんですね。

この部分でも引き継ぎがよく出来ていなかったんですね。ぼくがどうしてこの病院で死ぬほどの鎮静剤を投与されて眠っているのか、彼は知らなかったようなんですよ。

そのことを知らなければ、ぼくは両手両足を縛られていましたし、ほとんどの時間をベッドで眠ったままだったし、骨と皮だけの、今すぐ死んでもおかしくない木乃伊みたいな状態でしたから、そりゃあ、何をしても大丈夫だと思いますよね。

——そいつは君にちょっかいを出したんだよね。

そうです。ぼくはずっと標的にされてきたんですね。

それで、たまたま薬の切れていたその時、そいつがぼくに手を出したんです。足の指を折ったらしいんですよ。こう、両手で押さえてぽきって。

痛かったのをはっきりと覚えていますよ。で、ぼくはまた怪物になっちゃった。それでその看護師を引き裂くと、食いました。ええ、食ったんです。

——いい気味ですよね。

ふふふ、そう思ってくれますか。そうなんですよ。だいたいぼくはそうやって酷い目に遭わせたヒトしか食ってませんからね。

——それから病院を脱走したんですよね。

そうですね。

——そこで二人が君の手によって重傷になっていますが。

ぼくの邪魔をしたからですよ。当然じゃないですか。でもその二人は食ってませんよ。腹が一杯だったのと、時間があまりなかったのでね。いずれにしても捕まりました。不死身だからって酷い目に遭いましたよ。今でも警察が苦手なんすよ。

——かわいそうに。

でしょう。あんまりですよ。そんなことがあったので、再び裁判になりかけました。でもね、これもまた病気だと判断されて病院に逆戻りしたんですよ。

今度は呪禁局指定の魔術系病院でした。それから二十年はそこで過ごしました。それはそれはとても平穏な日々だったのです。そこでは眠りっぱなしというわけではありませんでした。途中まではそうだったんですけどね、なんだかナノ呪符というやつが開発されましてね、それでぼくの中のけだものをなんとか出来るってことになりまして、それからは幸せだったなあ。

ところがね、そのナノ呪符というのがあったら、もう病人じゃないわけで、それなら出て行けってことですよね。で、なんていうんですかね、それなら病気じゃないんだから、改めて罪を罪としてわかるんならって、今度こそ裁判で白黒をつけましょうってことになったらしいんですよ。でまあ、それなら今度は絶対に脱走の出来ない事件を起こさないところに行きましょうってことで、なんとかっていう収容所に送られようとして、でもね、それっておかしくないですか。よく考えたら、ぼく何も悪いことしてないんですよ。それがね、今度もし裁判したら、死刑になるかもしれないんですって。これはおかしいですよね。

——ほんとほんと。そうですよね。それはおかしいですよね。理不尽なことには抵抗した方が良いと思いますよ。

そうですか。そうですよね。

——君は怒りを感じるべきなの。そして奴らにきちんと復讐すべきなんですよ。復讐は大事なことですよ。復讐して、ようやく本来の自分を取り戻せるんじゃないのかなあ。頑張って復讐、してみましょうよ。

「きとーさん、きとーさん」

呼びかけられて鬼頭は目を覚ました。

驚くことにこの危機的な状態の中、鬼頭は横になって眠っていたのだ。

「きとーさん、おきるぅよ」

鬼頭の手を握っていた螺旋香がそう言った。

藍と龍頭、そしてギアの三人は懸命に戦っていたが、戦局は不利だった。

《仔山羊》の数は時間が経過するごとに増えていった。

そして《仔山羊》たちは不死身だった。

殺すには首を切り離すか、炭になるまで焼くしかなかった。そして《仔山羊》たちは、首を切り離してもなお、首無しで戦おうとするのだ。

ギアは魔術戦のすべての技術を投入して戦って

いたが、相手はあまりにも数が多く、龍頭と藍の二人で時間を稼ぐのにも限界があった。

いろいろ試した結果、あの道教の霊符が最も効果があった。が、一枚一枚手書きしている暇はない。魔術の大半は、効果を現すまでに時間が掛かる。それを短縮するために、様々な方法が研究されていたが、龍頭に言わせると「呪文を唱えている間に三人殴り倒せる」ということになる。

《仔山羊》たちはからかうように彼らを囲み、いたぶるように襲っては逃げ襲っては逃げを繰り返していた。このままでは疲弊《ひへい》したあげくに皆殺しは避けられないだろう。

「啓介、遅いよ」

龍頭が正面の《仔山羊》を捕らえ、前腕の関節を捻じあげながら言った。たとえ折っても数分すれば元に戻っている。攻撃の大半が徒労に終わるのだ。

「あと五分待つ。それで来ないのなら、迎えに行く」

蹴り上げようとする《仔山羊》の蹄を躱わし、ギアが言った。疲労がたまり、動きが鈍っている。三度に一度は相手の攻撃をその身で受けていた。

「了解！」

押し倒した《仔山羊》の首に、龍頭は短剣を叩きつけた。しかし切り落とすには時間も手間も掛かる。その余裕を他の《仔山羊》が与えてはくれない。

藍が代わりに貫手を首へと押し入れ、脊椎《せきつい》を突き破り首を引き抜いた。

それから血塗れの手で、己の首に巻いた金属製の首輪のボタンを押した。かちりと音がしてそれは外れた。

「それって外せるんですか」

龍頭が言う。

「これは怒りを爆発させないために自ら着けたんだ」

話しながら、藍はポケットから金具の着いた革のベルトを出してきた。

「それは何ですか」

「轡《くつわ》だ。怒りのあまり自らの歯を噛み砕くことがある。歯がないと力も出ない。これをつけると喋ることが出来なくなるから言っておく。みんなを連れて今すぐにでもあの子供を迎えに行け。霊符が数あれば勝算もある。それがおまえたちの仕事だ。私はこいつたちを食い止める」

そこまで言うと藍は龍頭を見た。

「道場を追われ、生涯弟子はないものと思っていた。弟子が出来て嬉しかったよ」

それを最後に革を巻いた棒を咥え、ベルトで固定した。

「先生！」

言った龍頭の背中を邪険に押しやり、錫杖をびゅんと振った。

そして目を閉じ瞑想する。

《仔山羊》の攻撃をかわしながらだ。

瞑想は普通心を落ち着かせ平静を手に入れるための手段だ。だが今は違う。

藍は心の中の憎悪に火を点そうとしていた。

彼に掛けられた呪いの中枢を、想念の中で刺激している。

ガソリンに適度な空気を送り込むような作業だった。

そして抑圧していたすべてを解放する。

それで心に満たされた憎悪のガソリンへと点火された。

脳が、心臓が、内分泌系が、すべてが爆発的に興奮し真っ赤に燃え上がる。

轡を咥えているにもかかわらず、喉から恐ろしい咆吼が迸《ほとばし》った。

あの《仔山羊》たちが皆一斉に後退った。

まなじりがつり上がり、今にも瞳から炎を噴き出しそうだった。

すでにどこかで口内を傷つけたのだろうか。轡の隙間からだらだらと赤黒い体液が流れる。

龍頭はギアと目を合わす。

ギアも彼らの会話を聞いていた。

迷っている時間はない。

「鬼頭、螺旋香、行くぞ」

言った時には螺旋香の手を引いていた。

四人が全力で走り出した。

同時に藍が跳んだ。

四人を追う獣たちの前に着地する。

それは彼が人間として行った最後の判断だった。

再び吠え、藍は《仔山羊》の群れに突っ込んだ。

藍は爪と牙を持った旋風《つむじかぜ》だ。

その腕で突けば肉が裂け、その脚で蹴れば骨が砕ける。そして錫杖は大剣のように触れる物を切り刻んだ。

強靭《きょうじん》な《仔山羊》の肌が、紙のように引き裂かれていった。

内臓を戯《たわむ》れに掴み出し、骨を叩き折り腱を断ち切り、四肢を玩具のように引き千切り、頭を砕き割っていく。

それはまさに鬼神の所業だ。

不死身の身体は八つ裂きにされても動きを止めない。肉の一片になるまで《仔山羊》たちは生きていた。藍はその命が途絶えるまで、肉を骨片とともに挽《ひ》き潰す。血肉と臓物は大河となって流れ路面に溢れた。

ここは地獄だ。

その地獄にはたった一人の獄卒しかいなかった。

4

そこだけは煌々《こうこう》と明かりで照らされていた。それがどれだけ心の支えになるのかは、暗闇を走り続けた物にしかわからないかもしれない。

しかし今はその希望の明かりを絶望が取り巻いていた。

明かりに集まる蛾のように、コンビニへと集まってきた《仔山羊》たちが、暇を持てあましだ不良のように時間を潰していた。

人差し指と中指を伸ばした刀印の先で額を押さえ、ギアは走りながらカバラ十字の祓えを始める。

「アテェエエエエ！」

龍頭がそれを復唱する。

次は刀印を胸に当て「王国《マルクト》」。続けて右肩に当て「峻厳と《ヴェ、ゲブラー》」、左肩に当て「荘厳と《ヴェ、ゲドゥラー》」。

そして最後、両手を胸の前で組み、二人して「永遠に、かくあれかし《レ・オラーム・アーメン》」と叫びながら《仔山羊》の群れに突入していった。

その後ろからついていく螺旋香も鬼頭も、遅れないように必死だ。

ギアは錫杖で《仔山羊》を打つ。

聖別された錫杖は輝きとともに《仔山羊》に霊的波動を送り込み、その動きを止める。打たれた《仔山羊》は手足をピンと伸ばして硬直し倒れた。

数分で起き上がってくるのだが、その前に錫杖でその額を突き砕く。こうしても死にはしない。数時間後には起き上がってくる。その間の時間稼ぎである。

龍頭も聖別された短剣で一瞬にして相手の喉を掻き裂く。だがそれでも、頭を切り離すまでにはいかない。倒れた《仔山羊》はやはり数分で起き上がってくるのだ。

徒労と思う繰り返しも、しかしコンビニ前に集まる《仔山羊》どもを倒し、退けているうち、いつしかギアたちは扉の前にまで来ていた。

そこに身体中食い散らかされた無残な死体が転がっていた。裂けた服から、かろうじて死亡人であることが判った。そうであるならその横に転がっているリュックには《塔》が入っているだろう。

何が起こったのかだいたい想像がつく。死亡人が裏切ったのだ。

龍頭がまず扉の前に駆け寄り、ガラス扉を開く。その後ろには鬼頭と螺旋香が待機しており、さらにその背後でギアが《仔山羊》たちの動きを牽制していた。

すぐに扉は開き、みんなが次々と中へと入る。最後にギアがリュックを掴んで飛び込み、扉を閉めた。

最初に彼らを襲ったのは激しい臭気だった。

中では紙が散乱していた。よく見ればそれは霊符をコピーした紙だ。悪臭のする粘液が四方八方に散っていた。

そして粘液にまみれた啓介が、呆然と立っていた。

彼は《仔山羊》が襲ってくる寸前、袋から霊符を掴み出すと、中空にばらまいたのだ。

《仔山羊》は舞い落ちる霊符の中に勝手に飛び込み、そして破裂した。

ギアたちが入ってきたのはその直後だったのだ。

啓介は何がどうなっているのかまったくわからない、という顔で入ってきた龍頭たちをしばらく眺めていた。そして急にそこにいる者たちが誰なのか理解したのだろう。

はっと正気に戻って、言った。

「あっ、申し訳ありません。いろいろと思いがけないことが起こって……いや、ぼくが油断していたんです。本当に申し訳ありません」

深々と頭を下げるのをギアが止めた。

「時間がない。霊符はもう一度コピーした方が良いかもしれないな」

床に落ちた紙はどれもこれも《仔山羊》の体液でどろどろになっていたのだ。

「はい！」

直立不動でそう返事すると、啓介はまたコピー機の前に急いだ。きれかかっていたコピー用紙を足して、それからそのままではコピー出来ないことに気がついた。

真っ赤な顔で啓介はみんなに言う。

「あの、お金がないんですよ。百枚コピーしようと思っているんですが」

ああそうかと、龍頭は札を渡しながら言った。

「十日で一割の利子を取るからな」

えっ、と啓介が真顔で龍頭を見たので慌てて手を振る。

「冗談だよ、冗談」

「そうですよね。もちろん冗談だとわかってましたよ」

啓介がそう言うと、龍頭が声を上げて笑った。

照れ隠しなのか、ボタンを押せばすむだけのコピー機のコントロールパネルを見て、啓介は余計な操作を繰り返していた。

すぐに作動音がして霊符がコピーされていく。

「少し時間が掛かります。しばらくお待ちください」

啓介は言った。顔色が少し戻っていた。さっきまでは青醒《さ》め引き攣り、死人のような顔をしていたのだ。

コピーが始まってから、龍頭はずっと床に落ちた紙を拾っていた。あまり汚れていない霊符を集めているようだ。数十枚の束を手にすると、ギアに言った。

「これ、持っていっていいかな」

「何をする」

「藍を助けに行ってくる」

「助けは必要か」

「わからないけど、必要ないならそれでかまわないよ。とにかくどうなったかを見届けないと」

「しかしもし、藍の怒りがまだ収まっていなかったらどうする。おまえであの男を止められるのか」

龍頭は俯いて、少しの間考え込んでから言った。

「なんとかするよ」

何とか出来そうな顔ではなかった。

「それならこれぇ」

螺旋香が何かを龍頭に差し出した。

その手に持っているのは、藍が自ら取り去った金属製の首輪だった。藍の怒りを探知すると脳に電撃を与え失神させるための装置だ。

「おじさんがぁ、おとしたよ。これ、かえしぃてね」

「ありがとう」

龍頭はそれを受け取って頭を下げた。

「悪いけど、行ってくるよ」

「コピーが終わったら俺も行くから心配するな」

ギアは素っ気なくそう答えた。

扉の前にはもう《仔山羊》の姿はなかった。

啓介が自動扉のプラグをコンセントに突っ込むと、扉を開き龍頭は走り去っていった。

扉が閉じるのを待ち、啓介はプラグを抜いた。

「ますます彼らの意図がわからなくなりました」

ぽんぽんと手をはたいて立ち上がりながら啓介は言う。

「おそらく今ぼくたちを襲っているのが本当の千の黒山羊だと思うのですよ。信者ではなくこの螺旋香の神話的な娘たちの方がね。今はもう夜です。こちらは既に護送車を失い、疲れている。そして何より、もう棺から螺旋香が出ている」

他人事のような顔で螺旋香は啓介の話を聞いている。

「日が暮れるのを待っていたのなら、これ以上のチャンスはないはずです。螺旋香はこれを利用して、もう逃げていてもおかしくない。なのに、信者たちの総力戦に比べたら、なんというか、手ぬるいんですよ。《仔山羊》は確かに恐ろしい敵です。しかしこうやって罠を仕掛け、螺旋香の復活に成功し、それなのに、これはなんですか」

「一瞬で我々は全滅していてもおかしくない」

ギアがぼそりと怖ろしいことを呟いた。

「そう思いませんか」

啓介はギアを見詰める。

「どうなんだ、螺旋香」

ギアに問われても、螺旋香はただ首を傾《かし》げるだけだ。その螺旋香をじっと見下ろし、ギアはさらに訊ねた。

「草津のパーキングエリアでおまえたちは総力戦を仕向けてきた。呪禁官もかなりの痛手を負ったようだが、それ以上に信者の数は激減したはずだ。あの場からどれだけ逃げ出せたかわからないが、それもまた俺たちの襲撃に失敗し倒されている。少なくとも魔女宗としては壊滅したも同然だ。それはおまえたちの計画の失敗なのか」

螺旋香は不思議そうな顔でじっとギアを見ている。

「しっぽいかなあ」

「そうか！」

啓介はぽんと手を打った。

そして螺旋香を睨んで話を続ける。

「逆に考えるなら、《アラディアの鉄槌》を壊滅させてもやりたかったことがあったんじゃないのか。すべてがそのための伏線だったんじゃないのか。

どうなんだ」

　啓介が詰め寄る。

　螺旋香は照れ屋の子供のようにギアの背後に回って、不安そうに外套を掴んだ。

「おまえを棺から出すことが目的なら、それは既に成功している。なのにまだ、何も終わっていない。だらだらと《仔山羊》たちの攻撃が続いている。これはどういうことなんだ」

　啓介は螺旋香を追ってギアの後ろに回る。螺旋香はギアを楯に反対側に逃れる。啓介がまた詰め寄り、螺旋香が逃げる。

　ギアを中心に二人がぐるぐると回り始めた。

「止めろ」

　うんざりした顔でギアが言った。

　啓介はギアの正面で止まった。背後に隠れて半分顔を出す螺旋香をさらに睨みつける。

「ギアさんはおとぉおさんじゃないよ、けいすぅけ」

　螺旋香が言った。

「何を言ってんだ」

　不機嫌な声で啓介は言う。

「ギアさんにぃ、気に入られても、ギアさんはおとぉおさんじゃないよ」

「なんの話をしているんだ。おまえ、何を知ってる」

　螺旋香に掴み掛かろうとした啓介を抑え、ギアは言った。

「コピーが終わったようだ。霊符をもって出よう。ここに長居していても仕方ないからな」

5

何よりも先に濃厚な獣臭が龍頭を迎えた。粘度の高い悪臭は、進むごとに行く手を阻むかのように濃くなっていく。

獣臭の壁を掻き分け歩けば、国道を緩やかに流れる血の川へと行き着いた。中に踏み入り、くるぶしまである血肉の流れを遡行《そこう》していく。

血臭にも獣臭にも、鼻がすっかり慣れてしまった頃、血の中を泳ぐ物が現れた。それは蠢く肉片だった。指が、舌が、腕が、脚が、血の川の中で暴れ跳ねる。長い腸は蛇のようにのたくり泳ぎ、どこへも繋がっていない心臓が、それでも鼓動を続けている。

そんな地獄絵図の中を進む間にも、襲いかかってくる《仔山羊》は絶えない。持ってきた霊符は、《仔山羊》たちに対して、劇的ともいえるほどの効果を与えた。これがなければ先を急ぐことなど出来なかったかもしれない。

大量の《仔山羊》の死体は、やがて緩やかな山を成す。その頂上に立っている悪鬼が見えてきた。《仔山羊》の血を頭から爪先までかぶって赤黒く血に塗れたその地獄の主——藍だ。

藍はそこでなお襲い来る十数頭の《仔山羊》と戦っていた。

その手にもう錫杖はない。

素手だ。

その動きにまったく疲れはない。

無駄のない動きで、粛々と《仔山羊》たちを解体していく。

《仔山羊》の群れはただ死の順番を待っているように見えた。

近づくにつれ、藍の姿がはっきりと見えてきた。

服は引き裂かれ、ぼろ布となって垂れ下がる。ほぼ全裸だ。

最小限の筋肉と骨格で構成された現代美術のような痩身が夜気に晒されている。

彼は無傷ではなかった。

血塗れでわかりにくいが、全身切り傷だらけだった。そのいくつかはかなり深い。

脇腹に開いた傷は、内臓まで続いているのではないかと思えるほどだ。

どうやら右手が手首から折れているようだった。あり得ない角度で曲がっている。

額から頭頂部に掛けては、大きな傷口が開いていた。怖ろしいことに、その下に白く見えるのは頭蓋骨だ。

その傷の先に左目があったはずだ。しかし今は黒々と眼窩が開いているだけだ。

眼球が刳《く》り貫《ぬ》かれているのだ。


その状態で藍は《仔山羊》と戦い、そして圧倒的な勝利を収めていた。

そんな場合でないと判っていても、龍頭は藍の能力の凄まじさに感動すらしていた。

最後の《仔山羊》の頭を叩き割り、藍はくっくっと鳥のように頭を動かして龍頭を見た。

残された右目は、噴き出す憎悪に熟《う》れた果実のように赤く充血している。怒りが涙となって滴っていた。それはもう人の目ではなかった。

ここで終わらさなければならない。

そう決意し、龍頭は首輪を手に走った。

彼女に勝算はない。

普段でさえまともに戦って勝てる相手ではない。それが今は怒りの力で怪物と化している。おそらく百近い不死身の怪物を屠り、尚且つその怒りは治まりそうにない。

この怪物を相手に、龍頭の技量で何か出来るとは思えなかった。

ただ一つの可能性は、手の中の首輪だ。これであれば藍の動きを止めることが可能だろう。

駆け寄る龍頭へと、藍は近づく。

足先で血肉をかき分け、うずたかく積もる肉の山を特徴的な歩みで前に出てくる。

藍が使うのは、理論、技術ともに中国武術の最高峰と言われる八卦掌だった。

その不可思議な足運びで、雲上を駆ける龍のように蛇行し進む藍の目の前で、龍頭は消えた。

ジャンプしたのではない。

身を延べたのだ。縮地法という古武術のこの技は、龍頭が得意とするものだった。

消えた瞬間に、龍頭は藍の背後に現れた。

誰もが驚く龍頭の技だが、この時驚いたのは龍頭の方だった。

そこには誰もいなかった。

背後から着けるつもりだった首輪を持った手が、中途半端に持ち上がって止まった。

背後に回られていたのは龍頭の方だった。

斜め後ろから、指先を揃えた牛舌掌の先端が龍頭の脇腹を狙った。

期門を狙ったのだ。

当たれば内臓を破壊する、殺人打穴だ。

その瞬間、わずかだが身体をずらせたのは、藍との修行の賜物だろうか。

打穴はわずかな誤差で効力を激減させる。

ところが龍頭の力では、本当にわずかな誤差しか作れなかったようだ。

鈍く内臓を突き上げられ、龍頭の胃がせり上がる。

込み上げてきた物を、とっさに藍へと吐きかけた。

そしてわずかばかりの隙を狙い、捨て身で首輪をあてがった。

カチリと音を立て首輪はロックされる。

一瞬、藍の動きが止まった。首輪のプラグを首筋のジャックに挿し入れる。

龍頭はそのまま間合いを取ろうとしたが、出来なかった。

しっかりとその腕を掴まれていた。

狂った赤い目で藍は龍頭を見る。

死ぬ。

龍頭はそう直観した。

藍は指先で喉元の廉泉穴《れんせんけつ》を突いてきた。

力次第で即死する経穴だ。

当たる瞬間、ほんのわずかだけ龍頭は身体を反らした。

一度でも藍から打穴について学んでいたからこそ可能な防御だった。

だが決して無事というわけではなかった。

大量の血を、咳と同時に吐いた。

膝から力が抜ける。

血溜まりの中に膝を突いた。

憎悪に染まった目が、龍頭を見下ろす。失神する様子はどこにもない。どうやら首輪は何の効果もなかったようだった。

故障していたのだろうか。

そうだとしても、龍頭に原因を探る暇はない。

藍は龍頭の腕を掴んだままだった。

今にも握りつぶされそうだった。逃れることはもとより不可能だ。

藍は腕から手を離し、龍頭の喉を掴んだ。どうやら打穴を狙うのは止めたようだ。

そのまま ぐいと頭上へと持ち上げた。爪先が路面を離れる。

まったく呼吸が出来ない。

頭に血が上る。鬱血した顔が真っ赤に膨れあがり、今にも弾け飛んでしまいそうだ。

何度か拳で殴ろうとしたが、それは手首がおれたままの腕でいとも簡単に遮られる。

たちまち意識が朦朧《もうろう》としてきた。

そんな時であったからこそ、こんな方法を躊躇なくとれたのだろう。

貫手にした腕を、脇腹に突き入れた。

《仔山羊》との戦いで大きく裂けていたところだ。そこにずぶりと腕は埋まった。

中で臓腑を掻き回し、掴み出す。

腹膜が破れ、臓物が内圧で噴きだしてきた。粘液質の嫌らしい音がする。まるで傷口が嘔吐しているかのようだ。

さすがの藍も轡をつけたままの口から苦悶《くもん》の声が漏れた。

しかしそれでも、首を絞める力が弱まることはない。

龍頭の意識がゆっくりと遠のいていく。

周囲から視界がじわじわと黒く狭まってきた。

ほとんど無意識に指を揃え伸ばす。

せんせい。

龍頭は呟いた。

それは藍から学んだ通りの牛舌掌だった。

次の動きを藍は察することが出来なかったようだ。もしかしたら藍もまた意識を失いかけていたのかもしれない。

藍のこめかみ近くを狙った牛舌掌は、これも学んだ通りまともに太陽穴へと突き立った。

同時に指先から発勁を打ち込む。

藍を相手に出来る技だとは思っていなかった。

いつもの藍であるならあっさりと避けただろう。

だが百近い《仔山羊》を倒し解体し、龍頭に攻められ臓物を腹から垂らしながらの戦いだ。

さすがに反応が遅れた。

打穴を避けきることが出来なかったのだ。

ぐるり、と残った方の眼球が裏返った。

龍頭の首を絞め持ち上げた姿勢そのままに、仁王立ちした姿勢で真後ろへと倒れていく。

血飛沫を上げ、藍は血肉の中へと埋まった。

ともに倒れた龍頭は、横へと投げ出された。

血の川の中を転がり、横たわったまま激しく咳き込む。

そしてようよう起き上がると、身動きしない藍の元へと近づいた。

跪き、その身体を抱き上げる。

息をしていなかった。脈もない。

龍頭は鼈のベルトを外した。皮で包んだ金属の棒がへしゃげていた。

手をかざすがやはり呼気は感じない。

胸に手を当てても心音は感じない。

見開いた目は瞬きすることもない。

藍はすでに事切れていた。

指で瞼を閉じ横たえると、龍頭は生まれて初めて出会った師と呼べる人物に両手を合わせた。

6

「あの、おかしくないですか」

啓介は言った。

コンビニを出て龍頭たちの元へと向かう途中だ。

その横について歩く螺旋香は不思議そうな顔で啓介を見詰めている。

何故か螺旋香は、啓介の手をつないで離そうとしない。

「何がだ」

ギアが訊いた。

「あの、ぼくたちは、ここに来てからまだ一人の人間とも出会ってませんよね。まるでここは無人の町のようです」

「《仔山羊》たちがいるからな」

「みんな食われたってことですか」

「そうだ」

興味なさそうにギアは頷いた。

「そのわりには死体が見つからないと思いませんか」

「そうかな」

「そうですよ。血の跡もないし、町中の人間がみんな死んでしまったとは思えない。それに車が一台も通らないのはどうしてですか」

「平日の夜だからなあ。呪禁局からの要請で交通規制をしているかもしれないし」

「……でも、なんだかここは無人の町のように思えませんか」

「結局何が言いたいんだ」


「あの、本当に結界は解けたのでしょうか」

言われたギアは、不審な顔で啓介を見下ろした。

「どういう意味だ」

「もしかしたら、ですよ。もしかしたら、まだ結界が解けず、ぼくたちは閉じた空間をずっとうろちょろしているんじゃないかって思ったんです」

「そんな馬鹿なことがあるわけがない。俺が結界を解いたんだ」

ギアは啓介を睨む。迫力に気圧されながらも、啓介は言った。

「ですよね。そうですよね。でも」

「おまえは俺を疑うのか」

「いえ、決してそんなわけではないのですが」

噴き出す汗を袖で拭いながら、啓介はしどろもどろだ。

「なら黙ってついてくればいいんだ」

そう言いきってギアはさっさと歩いていった。

おかしいおかしい。

頭の中で疑問符が山のように浮かんでいる。

状況もおかしいが、ギアの態度もおかしい。

いつも素っ気ない態度で、あまり感情を表さないので怒っているように見えるが、そうでないことは啓介がよく知っている。

どんな愚かな質問にも真面目に丁寧に答えてくれる先生だ。

それがこの話をすると苛ついているように見える。確かに年下の者に疑われるのは腹立たしいかもしれない。しかし啓介の知るギアは、年下であろうと何であろうと、間違いを指摘されたら真摯に受け取り是非を考える人間だ。指摘されたことだけをとって腹を立てる狭量な人間ではない。

それではどうして……。

師となる人を疑うことは心苦しかったが、しかし真実があるならそれは一つだ。真実の前には師弟も何もない。

啓介の思うギアは正義の人だ。何よりも正しい行いを重んじる。人からどう言われようと、正しいことをすることに躊躇はない。その人柄に裏があるとは、どうしても啓介には思えなかった。もしギアが何かの意図があって結界をまだ解いていないのなら、それは堂々とそう主張するはずだ。もし公表できない理由があったとしても、そのことを指摘されてあんなに焦ったり怒ったりはしない。

何かに操られているのでは。

《霊柩車》に乗っている時、町が無人であることや車が通らないことに気がつかなかったように。

ギアが天使を喚起した時、《霊柩車》の中には死亡人とギアしかいなかった。ということは、死亡人が何か細工をして結界を解いてもいないのに解いたと思わせたか。

あり得ない。

啓介は一人首を振る。

死亡人は本人も言っていたがそれほど多くの魔術を使えるわけではない。当人が天使を喚起していれば、それなりに使える魔術もあったかもしれないが、人の記憶を操るような複雑で繊細な魔術とは縁遠い人間だった。

死んでしまった今となってはなんとも言いようがないが、あの局面で死亡人と戦った人間としては、ギアを欺すことが出来るような人間ではないと断言出来た。

そう言えば《霊柩車》に乗っていた時に、外の様子が奇妙であることに気がつかなかったのも、何らかの魔術だったはずだ。

それは誰がやった。

外部からの介入なのだろうか。一流の呪禁官を長期間欺し仰せるほどの魔術を使える者がいるのなら、そいつが真っ先に襲ってきそうなものだ。

突然思いついた。

ギアが天使を喚起しようとした時、死亡人以外にもあの《霊柩車》の中にいた者がいる。

啓介はゴクリと生唾を飲んで、自分の手を握る少女を見た。

「ばれぇえた？」

螺旋香がにやりと笑うのまでは見ていたのだがそうだ考えてみれば葉車先生はこの世で最も危険な魔女と言われる螺旋香をいきなり背負って振り払いもしなかった確かにこんな外見だが先生がそんなことで油断する人間とは思えないこれはきっといきなり景色がぐにゃりと熱い鉄板の上に乗せたバターのように溶けて曲がって流れて……そして固まりここはいったいどこかとおもったら、なんだここはぼくのうちじゃないか。

「がっかりだ」

父は吐き捨てるようにそう言った。

いつものことだと思い込もうとしたのだけれど、胸の奥に鉛の塊を呑んだような厭な気分になる。

父は次期警視総監とも言われていた警察官僚のエリートだった。そしてぼくは生まれついての出来損ないだった。父は早々にぼくを見限った。そして東大法学部へ現役入学した兄にすべてを掛けていた。

「まさかおまえが呪禁官なんぞを目指すとは思っていなかった。あそこはおかしな呪い師の集団だぞ」

父は腐った物を口にしたような顔でそう言う。

警察と呪禁局とはもともと仲が悪かった。職務の範囲が重なり、どちらが担当すべきか迷う事例も多くある。互いに功を競い合い、捜査を邪魔し合うことなど日常茶飯事だった。呪禁官たちは警察を事後処理の雑用係として扱い、警察官は捜査の邪魔をするいかがわしい呪い師と呪禁官を罵《ののし》った。

そんな呪禁官に、警視総監候補である自分の息子がなりたがるとは思ってもみなかっただろう。

「確かにおまえは受験には向いてないよ。頭も要領も悪いからな。幼稚園の時から父さんはがっかりすることばかりだった。まあ、母さんがおまえを甘やかしたのもあるだろうが、それでもまさかここまで残念な人間になるとは思っていなかった」

ぼくはじっと父の小言を聞いている。

頭が痛い。喉がひりつく。手足がだるい。背骨が軋《きし》む。腰が痛い。眠い。堪らなく眠い。我慢しきれずあくびが出る。

「何だ、その態度は！」

平手で頬を打たれた。

涙がにじむぐらい痛かった。

「見ろ」

父は赤くなった自身の掌をぼくに見せた。

「おまえの感じる痛みは何倍にもなって俺の痛みとなる。おまえの根性を直せるかと、何度も殴る俺の痛みが、おまえにわかるか」

父は人差し指で、項垂れるぼくの顎を持ち上げた。

「何にでもなるがいい。ゴミ屑のような職業に就こうと俺は知らん。だが二度と田沼の姓を名乗るな。出て行け！」

本当に残念だったね。

えっ？

仕方ないよ。生まれつき駄目な人間は何をしようと駄目なんだから。

君は誰。

お父さんの古くからのお友達。さて、お父さんの気持ち、君に判るのかなあ。


……つらかったんだと思う。

そうだよ、つらかった。ここまで出来損ないの子供が出来るとは思っていなかったからね。お父さんを越えろとは言わないけど、せめて後を追うぐらいの、そう、君のお兄さんぐらいの能力を持っていると思ってたんだよ。お父さん、君が生まれた時喜んでね。実に賢そうな顔をしているって、みんなに見せてそう言ってたんだよね。

だからそれだけ期待していた君の成績がちっとも伸びないどころか、簡単なお父さんの指示も理解できないし、学校生活すら満足に出来なかったよね。そりゃあがっかりするよ。はっきり言っちゃうと、それはお父さんへの裏切り行為だからね。

あれ、泣いちゃった？　今更泣いても無駄だよ。涙は負け犬の証さ。お兄ちゃんが泣いているところ見たことあるかい。ないよね。もちろん君のお父さんも泣いたりはしない。あらあら、鼻水出てるよ。情けないねえ。

ほら、見てごらん。君のお父さんの顔。じっと見てたら声が聞こえるだろう。ほら、何ていってる。

けいすけがしんでくれたらどれほどらくか。

ほら、何て聞こえた。

泣いてちゃ聞こえない。もっと耳を澄ませて聞いてごらん。

しんでくれたらどれほどらくか。

聞こえた？　ねえ、聞こえた？　どう思った？

教えてよ。どう思った？

悔しいよね。

つらいよね。

でも君がどうしてそんなにつらい思いをしなきゃならないんだろうね。あれれ、おかしいな。

君は今呪禁官養成学校できちんと勉学に励んでいるよね。優等生じゃないか。あれれ、不思議だなあ。

もしかしたら、もしかしたらだよ。君ってただお父さんの敷いたレールには乗れなかっただけなんじゃないのかな。人ってそれぞれだからね。

やっぱりそうだよ。そうだよね。それがどうして今もこんなに苦しまなければならないんだろう。

考えてごらんよ。

君の人生をねじ曲げたのは誰かってことをね。

頑張って働いて、自分の稼いだ金で養成学校に通ってるよね。それは君なりの生き方なのに、今もそれが馬鹿なことのように思ってるよね。くだらない生き方をしてるんじゃないかって、思ってるよね。だから死ね死ねとか言われると、そうかもしれないって思っちゃうんだよね。

おかしな話だよね。ほら、頷いた。そりゃそうだよ。誰だってそう思うよ。君の人生は誰かさんのおかげでめちゃくちゃだ。せっかく手に入れた物がクズの様に見えちゃうんだから。

さてどうしよう。

本当はどうしたら良いのか知ってるよね。君が君の人生を救うための方法。判るよね。何をどう始末すれば良いのかって。

さあ、得意の瞑想だ。自分の頭の中に入り込んでよく考えてごらん。

本当は君はどう感じているのか。そのしこりのように固く凝っているものの正体は何か。

そう。その通り。

怒りだよね。恨みだよね。

当然のことさ。

それが君の本心さ。

それを精算するんだ。

ほら、これを持って。

大丈夫、君ならそれを打ち消すことが出来る。

さあ、思い切ってやってみよう。それをやらないと、君は一生前に進むことが出来ないんだ。

さあ、持って。しっかり両手で握って。

そう。それでやるべきことをやっちゃおうか。

一、二、三、行ってみよー！

完全に油断していた。

真後ろにいる啓介の様子がおかしいことにまったく気がついていなかった。何があろうとまず外套を脱がないギアでなければ、背後から内臓まで刃が突き抜けていただろう。

それだけの勢いで、啓介は包丁を構えて突っ込んできた。

そうならなかったのは防刃処理された外套のおかげだ。

振り返りざまに、ギアは啓介の腕を掴み路面に押し倒した。包丁はすでにギアの手に渡っている。

「何をしている」

さすがに困惑した顔でギアは啓介に訊ねた。

だが啓介は青醒めた顔で意味のわからぬ言葉を呟いている。

――しなきゃ駄目なんだ。やらなきゃなんにもなんないんだ。それでようやくぼくはぼくになれるんだお。ぼくはやるぞ。ぼくはやるぞ。

派手な音を立ててギアは啓介の頬を打った。

「しっかりしろ。どうしたんだ、啓介」

その目はありもしない何かを求めてぐるぐると動いていた。

「立てるか」

啓介の腕を引いた。ふらつきながら立ち上がる。

ギアは包丁を見た。値札がついている。あのコンビニから持ってきたのだろう。

それ自体が呪物であるとは思えなかったが、それでもギアはそれを植え込みに捨てた。

「行くぞ」

ギアに言われ、背を丸めとぼとぼと歩き出した啓介は、まるで老人のようだった。

7

葬列のようだ。

先頭を歩くのはギアだ。その斜め後ろに龍頭。何を話すでもなく黙々と二人は歩く。その後ろを歩く老人の足取りの啓介と、孫のようにその手を引く螺旋香。最後尾は《塔》の入ったリュックを背負った鬼頭だ。鬼頭は臆病な犬のようにきょろきょろと周囲を見回し、わずかな音にも足を止めた。

月は大きく明るい。そして闇は深く濃い。

戯れに灯る街灯は闇を際立たせるだけだ。

あれから《仔山羊》たちの襲撃はほとんどない。犬の姿も消えた。

暗く無人の町を、五人はひたすら歩き続けている。

「ギア」

龍頭が口を開いた。

「どう考えてもおかしいよ」

「何がだ」

「この町を出ることが出来ないことだよ。《霊柩車》に乗っていた時とほとんど変わっていないよ。人はいないし車もない」

龍頭はギアの顔を覗き込む。

「結界が解けてないいんじゃないのか」

「信用が出来ないか」

ギアは龍頭を睨む。龍頭の知っている限り、ギアは仲間を恫喝するような態度を取ったことはなかった。

おかしいな、と思う。

「いったん解けていたかもしれないけど、また結界に入れられたって考えられないかなあ」

「考えられない」

即座に答えが返ってきた。

「時計を見て」

ギアは腕時計を見る。

「五時二十五分だよね。私のもそう。たぶんみんなそうだと思う。これってこの先の見えない町に紛れ込んでからずっと同じ時間なんだよね」

「だからどうだと」

「《塔》を使ってもう一度結界を解いてみてはどう」

「必要ない」

考えるまもなく返事が返ってくる。

「啓介は大丈夫かな」

「大丈夫だ」

「何か霊的な攻撃を受けてるんじゃないのか」

「違うだろうな。体調が悪くなったんだ」

龍頭はポケットに手を入れた。銀貨を一枚摘《つ》まみ取る。

「なあ、ギア」

「なんだ」

面倒そうに振り向いたギアの額へ、手にした銀貨を飛ばそうとした。

一瞬早くその手をギアが掴む。

しかし龍頭の指を離れた銀貨はスプリングに弾かれたように飛び出し、弾丸の勢いでギアの額を打った。

電撃が走ったように、ギアの身体が硬直した。眼球が裏返り白目を剥く。

そして棒を倒すように、真後ろへとまったく無防備に倒れた。

銀貨の効力の凄まじさに、龍頭は驚いていた。そのため手を出すのが遅れた。

慌てて身体を支えようとしたのだが間に合わなかった。

ギアは後頭部をまともに路面にぶつけた。

鈍い音がした。

そして唸り声を上げ、ギアは半身を起こした。

抱き起こそうと近づいていた龍頭に、反射的に拳を伸ばした。

その腕を掴み龍頭は言う。

「大丈夫か」

ギアは頭を振り、立ち上がった。最初に言った言葉が「今何時」だった。

「時計が止まっていてわからないけど、もう陽は落ちてるよ」

ギアはゆっくりと辺りを見回した。

「そうだ。もう日が暮れた。それは判っているんだが」

熱でも測るように額を掌で押さえ、考え込む。

龍頭は質問を繰り返した。

「教えて欲しいんだ。結界をあの《塔》で解くのに成功したの」

「《塔》？」

首を傾げるギアに、龍頭は《霊柩車》の中で《塔》を使って天使を喚起し、結界を解いたと言って出てきた時のことを説明した。

「……わからん。そのことは何も覚えていない」

「天使を喚起しようって言ったのは覚えている？」

ギアは頷いた。

「それじゃあ、もう一度天使を喚起して結界を解いてみたらどうかな。それはどうやってやるのか覚えてる？」

「ああ、それは覚えている」

ギアは鬼頭を呼び、リュックから《塔》を出した。

その長い金属の筒を路面に立てる。油を塗ったようにぬめぬめと光っている。金属であることは間違いないだろうが、どのような金属であるかはわからない。

その周囲にびっしりと刻まれているのはエノク文字と印章《シジル》だ。

ギアはそれを前にしてエノク魔術の聖句を唱え始めた。

《塔》は地の天使を喚起する儀礼の大半を省略出来る呪具だ。唱えるのは複雑な儀礼の七番目の行程、天使が姿を現してからの聖句だ。ということは、この《塔》そのものが天使の実体を兼ねているのかもしれない。

偉大なる天使の名を呼ぶことに始まり、ギアは聖句を朗々と唱えていく。それにつれて、《塔》は蜂の羽音そっくりの音を発して振動する。やがて《塔》に彫られたエノク文字が、散る花のようにひらひらと剥がれて落ちる。それは地に着く寸前に羽ばたき、ひらひらと身体をくねらせて宙を飛ぶ。

幾つもの文字が蝶のように飛び、螺旋を描いて《塔》の周囲を旋回した。

続けて《塔》は、はらはらと無数の円盤に分かれ、輝く聖句の螺旋へと加わった。すぐに正視できないほどに輝きを増すと、輪舞曲《ロンド》を踊る妖精たちのように旋回し乱舞していたそれらが、少しずつ人型へと収束していった。

ギアはさらに激しい振動を加えて太く低く最後の聖句を唱えていく。

「汝を呼び出す時には常に、汝は、地の主たちと我が人間の魂との意思疎通の永遠の絆にならん」

それで聖句は終わった。

そしてその光り輝く天使は、声とは思えぬ声で訊ねた。

――なにをもとめる
ギアが厳かな声で答えた。

「この結界からの解放を」

――与えよう
その声とともに何もかもが目の前から消えた。

闇はさらに深まるが、それは一時のことだ。

すぐに目が慣れ、景色が蘇っていく。

そして背後から大きなクラクションの音がして身をすくめた。

乗用車がギアたちを掠めて追い越していった。

慌てて五人は路肩へと寄った。

うるさいほどたくさんの車が通っていく。騒音にどこか心が落ち着くのは、それまでの静寂が異様だった証拠だ。

思った以上に明るい。確かに陽は西へ傾いているが、まだ日没を迎えてはいなかった。

龍頭は時計を見た。五時四十八分。つまりこの結界に閉じ込められてから二十三分が経過していることになる。今日の日没は六時二十分。まだ三十分はある。結界の中の日没はまやかしだったようだ。

高架が平行しているが、それはどうも名神高速のようだ。京都府の立て看板がある。龍頭は脇道を歩いている中年男性に道を訊いた。今歩いているのが国道一七一号。もう少し先に名神高速の大山崎ジャンクションがあるというから、ここで車に乗りさえすればぎりぎり日没に間に合うかもしれない。

しかし……。

龍頭は残ったメンバーを見て溜息をつく。

どうやらギアは天使喚起で力を使い果たしたようだ。立っているだけでもつらそうで、歩くと脂汗が滲む。啓介はまるっきり老人だし、螺旋香は相変わらず役にはたちそうもない。一番まともなのが鬼頭だが、怯えきってこれもまたほとんど役にたたない。

次に襲われたら、戦力となるのは龍頭だけだった。だがその龍頭にしたところで、藍との戦いで期門と廉泉穴《れんせんけつ》を突かれている。わずかにずれてはいたが、どちらも当たれば即死すらあり得る穴だ。外見は変わらなくとも、内臓が傷ついているのは間違いない。

戦うどころか、先を急ぐことすら難しい五人だった。

ギアは送受信が可能となった通信機で本部に連絡を入れ、現在地を告げた。意外なことに、古里織課長はあの後ヘリをチャーターしてすでにグレイプニル収容所に到着しているという。そしてすぐ折り返し課長から連絡があり、すぐ近くに《霊柩車》がいるから迎えにいかせるとのことだった。

待つほどのことはない。通信が切れるのを待っていたかのように《霊柩車》がやってきた。

8

「大丈夫ですよ。高速も混んでないようですし、日没には間に合いますよ」

若い運転手は笑顔でそう言った。

日没までに戻るのはすっかり諦めていたから、それだけでも希望が生まれた。少なくとも葬列からは脱却できそうだ。

それまでの攻撃が夢だったかのように何も起こらない。龍頭も鬼頭も、そして啓介もうたた寝を始めていた。心地よさそうな寝息が聞こえる。あのギアも疲れ切っていた。筋肉がすべて泥になってしまったように重く力が入らない。死亡人が死体を使って喚起させた理由がこれだ。並みの人間に耐えられるようなものではなかったのだ。

そのギアの意見で、螺旋香にも鬼頭にも、手と脚に錠を掛けている。戦いに次ぐ戦いで忘れていたとはいえ、日没を前にすべきことはそれだったとギアが言ったのだ。もっともな話だった。

ギアは銀貨を二本の指で挟み、螺旋香に近づけた。銀貨は狐を見つけた猟犬のように、指から飛びだし螺旋香に襲いかかりそうだった。それが後部座席に着いたギアの最初にしたことだった。少女に見えてはいるが、安心して身を任せられる相手ではないとギアは判断し、錠を掛けることを命じた。

それだけのことで力を使い果たしたのか、それからしばらくギアは横になり身体を休めた。その間もポケットの中の銀貨を握ったままだ。それはただのお守り以上の力を発揮する武器だからだ。

十分あまり横になって、休憩とも言えない時間を過ごしたギアは、身体を起こし紙片を出してきた。それにボールペンで霊符を書いていく。子供が書いたでたらめな図形と漢字にも見えるが、これは武帝が用いたとされる武帝應用《ぶていおうよう》霊符五十八種の内、鎮夢不詳符と呼ばれる霊符だ。悪夢を見ることで引き起こされる凶事を治める力を持つ。この霊符を書き上げるためにも体力と精神力を必要とする。霊符は施術者の気を削って作るものなのだ。わずか十分の休憩でギアはそれだけの力を取り戻したのだった。

書き上げた紙を龍頭に借りたライターで火を点け灰にする。そして《霊柩車》に備え付けのお祓いキットから出した清めの塩を灰に振り掛け、掌で混ぜ合わせた。

それをひとつまみ持ち上げる。

「啓介、口を開け」

胎児のように身体を丸めて座席で震えていた啓介に呼びかけた。啓介はゆるりと目を開くが、興味なさそうにまた閉じた。

「口を開くんだ」

ギアは片手で無理矢理啓介の口を開き、中に灰と塩を投げ入れた。

すぐに啓介の頬が紅潮し始めた。

額に汗が球となって浮かぶ。

荒く息を繰り返しだした。

じっとその様子を見ていたギアが啓介の頭を抱え、汗でぐっしょりと濡れた額に指を持ってきた。

眉間から白い糸のような物が出ていた。ギアはそれを摘まみ、一気に引き抜いた。真っ白の糸が蛇のように身体をくねらせている。残った灰をそれに掛けると、焼けた石に水を掛けたような音とともに糸は消えた。

啓介の目が開いた。

——おとうさん

虚ろな目でギアの顔を見ながら小さな声でそう呟き、それからぶんぶんと首を横に振った。身体を起こし、自ら両頬を平手で赤くなるまで叩いた。

「何があった」

ギアが訊ねると、啓介は周囲を見回し螺旋香の姿を見つけた。螺旋香は隣に座った鬼頭の手を握ってニコニコと微笑んでいた。

「こいつだ！」

啓介は螺旋香を指差して叫んだ。

「あらら ぁ、なにぃを言うんだか」

螺旋香がのんびりした口調で言う。

「こいつは人を自在に操れるんだ。こいつはぼくに、ぼくに葉車先生を――」

怒鳴りかけて絶句する。

「だいたい想像は出来る。今まで螺旋香を疑わなかった方がおかしいんだ」

ギアは言った。

「結界を抜けられないのはこいつが先生に結界を解いたと思わせたからです。結界を抜けられないことになかなか気がつかないのも、こいつのせいです。こいつが何を考えているのか判りませんが、まだ日が暮れていないのなら、やはりただの時間稼ぎです。棺から出るくらいのことはすぐに出来たのでしょう。それをせずに棺の中から操れる者を操った。そうやって時間を稼ぎ、収容所に到着する前にヴァルプルギスの夜を迎えるのが目的です」

「もし逃げ出すのがその目的なら」ギアは螺旋香を見詰めながら言う。

「こいつの能力からいって、今すぐにでも逃げられるはずだ。つまりヴァルプルギスの夜で魔力が最大まで引き上げられるのを待っているのは、決して逃げ出すことが目的じゃない」

ギアは螺旋香を睨みつけた。

「何をしたいのか訊いても、答える気はないだろうな」

「なんのこぉとだぁ」

素知らぬ顔で螺旋香は答える。

「このままだと、日没に間に合うかもしれない。そうしないためにこいつは何かする。そうだな、螺旋香」

螺旋香は答えない。

日没まであと十五分。すでに府道に入っており、何もなければぎりぎり間に合いそうだった。

「まにゃあうとおもた？」

螺旋香が言った。

「まにゃぁあないかも」

そう言った螺旋香が、鬼頭から手を離した。

鬼頭がびくりと身体を揺すった。

そして頭をかきむしりながら立ち上がると、人の声帯では絶対に出せない声で吠えた。

大気が震え、鼓膜が破れそうだった。みんな痛みに耳を押さえる。

鬼頭の皮膚が泡立った。

瘤だ。大小合わせて無数の瘤が出来ていく。瘤に瘤が重なり、さらに大きな瘤へとなる。

鬼頭の身体があっという間に膨れあがっていった。

手錠も足錠も、こよりで作った紐のようにあっさりと千切れ飛んだ。

「車を停めろ！」

叫んだのは龍頭だ。

《霊柩車》は急停車した。

鬼頭の腕が幾つにも枝分かれし始めた。

そのたびにガムを執拗に噛むような音がする。

「外に出ろ」

そう言ってギアは啓介を扉の外に追い出す。

龍頭はもう外に出ている。運転手が扉を開いて転がり出た。

ギアだけが車中に残り、怪物へと変わっていく鬼頭を見ていた。

腱を裂き、肉を断ち切る音とともに脚の周囲に太い触手が生えてきた。どの触手も棘の生えた吸盤でびっしりと覆われていた。

すぐ隣にいる螺旋香は、ただ微笑んでそれを見ている。

喘《あえ》ぐ鬼頭の顔が、ずるりと身体の中へと引きずり込まれた。

そこから横に亀裂が走り、メリメリと音を立てて裂けると、それは巨大な口へと変化していった。

「こっちだ。出てこい鬼頭」

ギアは扉を開いて鬼頭を手招きした。

もうすでにその巨体は《霊柩車》に収まらない。背中でルーフを押し上げる。

「早く来い」

扉の向こうで手招きするギアに誘われ、鬼頭は扉を破り取り、周囲を押し曲げ外に出てきた。

ギアは錫杖で鬼頭を牽制《けんせい》しながら、神仙道の呪句を唱え始めた。

その意図を察して龍頭が言った。

「全員、今のうちに乗るんだ！」

螺旋香は《霊柩車》の中で退屈そうにあくびをしていた。運転手が乗り、後部座席に啓介が、そして最後に龍頭が乗った。

交通量は多い。この巨大な怪物が他の車両に興味を持たないようにしなければならない。

ギアは錫杖で象使いのように鬼頭を誘いながら、呪句を続ける。

――あうん、ぜつめい、そくぜつ、うん、ざんざんだり、ざんだりはんっ。

唱え終わり、大口を開いた鬼頭の正面で、ぽんと手を打った。

すると鬼頭の動きがぴたりと止まった。のたうつ触手までが、途中で止まって動かない。

運転手に向かって「行け！」と怒鳴りながら、ギアは助手席に駆け込んだ。

ナノ呪符の注射は一本も残っていなかった。二度目の注射が必要になるのは午後十時を過ぎてからだ。その頃に収容所に着いていないわけがない。そう考えて用意していなかったのだ。ナノ呪符がなければ、不死身の怪物相手にどうする事も出来ない。巨体の鬼頭相手では《仔山羊》のようにその身をばらばらに裂くのは難しい。今までの例では、やがて怒りが収まり元の中年男に戻ったそうだ。が、どれだけ待てば良いのかが判らない。

鬼頭から逃げるしかないのだ。

ギアは開いた扉から身を乗り出し後ろを見る。

怪物と化した鬼頭の姿が遠ざかっていく。

神仙道の遠当て法が多少は効果があったようだ。それでいつまで保つかわからないが、問題は鬼頭が目覚めた時にギアたちを追って来るかどうかだ。

魔術的痕跡は着けてある。呪符を一枚タイヤで轢いてあるのだ。その呪術的痕を追ってグレイプニル収容所まで来てくれることをギアは願っていた。

万博公園を越えて、森を背景にそびえ立つ、黒い巨人のような異様な建物が見えてきた。装飾に装飾を重ねた、グロテスクとも言えるドイツ・バロック建築を模したそれがグレイプニル収容所だった。

重魔術犯専用の最新留置施設として魔術万博の目玉パビリオンとして建てられ、やがて実用化されて現在に至っている。その結界の中では一切の呪法が封じられ、何人たりとも魔術を使うことが出来ない。その対魔術耐久性の高さから、押収されたさまざまな呪具や奥義書が保管されていることでも有名だ。

真っ赤な太陽が西の地平に沈もうとしていた。

ギアたちは今日二度目の夕日をまぶしく見詰めている。

「まにゃあうかぁあな」

ふざけた口調で螺旋香が言った。

カウントダウンが始まる。

沈み行く夕日をみんなが見詰めていた。

そして時計は六時二十分を指した。

「もうおそい」

そう言った螺旋香の姿がぐにゃりと歪んだ。歪んだ鏡に映し出されたように、身体が伸びたり縮んだりしながら変形していく。目の前で見えない手が塑像《そぞう》を作り直してでもいるようだ。

どう作り替えているのかはすぐにわかった。身長が伸び、胸や腰に肉がついていく。

ぽとりと手錠と足錠が落ちた。

そして少女の服をそのままに、螺旋香は大人の女へと変身していった。子供服のままの螺旋香は、全裸よりも生々しく歪なものを感じさせた。

「夜が来た」

螺旋香は宣言した。

すでにグレイプニル収容所の正面玄関までたどり着いていた。《霊柩車》を停め、全員が外に出た。

龍頭は螺旋香の腕を引いて走る。へらへらと笑いながら螺旋香は無抵抗で着いてきた。

たとえ今日がヴァルプルギスの夜であろうと、螺旋香をグレイプニル収容所に入れてしまえばあらゆる魔力から隔離されるはずだった。

ギアはインターホンにＩＤカードをかざす。

その時、啓介がギアの横に来て言った。

「ちょっと待ってください」

「何がだ」

さすがに苛立った声でギアは言う。

「これに」啓介は玩具の通信機を見せた。「同級生から連絡が入って、それが」

通信機のイヤホンをギアに渡した。

二人の少年が同時に話しているらしく、ただでさえ弱々しい電波を拾っているのに、さらに聞き取りにくい。それでも繰り返し叫んでいるこの台詞だけは聞き取ることが出来た。

――螺旋香を入れるな！　螺旋香を入れるとこの世が終わるぞ！

詳しく説明しろと言っても、興奮していて何を言っているのかわからない。

「これは君の友人か」

「はい」

「信頼出来るか」

「……それは、こんな時にふざける人間じゃないと思います」

啓介をじっと見詰めてから、ギアは言った。

「扉を開けてくれ」

大きく分厚い扉がスライドしていく。

啓介は唇を噛んで俯いた。螺旋香が薄笑いを浮かべているのが見えた。

「さあ、入れ」

開いた隙間に啓介を押し込み、ギアは叫んだ。

「不審者がいる。門を閉めてくれ！」

螺旋香が一歩前に出た。

ギアが立ち塞がる。

それを潜り抜け、螺旋香は閉じかけた扉に手を差し入れた。彼女は扉に仕掛けられた霊的防衛システムを甘く見ていたようだ。

扉は螺旋香の手では止まらず、ぴしゃりと螺旋香の指を挟み込んでしまった。

引き抜くと血飛沫が飛んだ。

人差し指の第一関節から先が千切れている。白く骨が見える傷口から、シュウシュウと蒸気が上がっていた。ただ挟まれただけの物理的な傷ではないのだ。

螺旋香はぶるぶると指を振った。三度目に振った時には指が元通りに戻っていた。

「安い手品だな」

龍頭が言う。

螺旋香は沸騰したように熱い息を漏らし、唇をまくり上げて威嚇《いかく》した。

そしてポケットから紙片を出してきた。人型の小さな紙片だ。二本の角《つの》のようなものがついていた。螺旋香がつまむと、それは身をよじって離れようとした。そんなことには構わず、螺旋香はそれを自らの口に投げ入れる。

いつの間にか螺旋香は運転手の隣に立っていた。両腕を運転手の身体に回し、ぐいと抱きしめると、その目を見詰める。すでに運転手は螺旋香の術中にあった。

彼女は運転手の頭を抱きかかえ、唇を押し当てた。

螺旋香の瞳がぐにゃりと横に潰れたエンドウ豆のような形になる。

唾液の糸を引いて、螺旋香は運転手から離れた。

「繋がった」

螺旋香は言った。

運転手は恍惚《こうこつ》とした表情で、身体の芯を抜き取られたようにぐにゃりと崩れ落ちた。激しい勢いで失禁していた。

本当なら結婚詐欺師の黒田リーが何も知らされないままこの役目を果たすはずだった。

角のある紙人形は、同じ波長の魔力を有するもの同士を繋ぐ霊的通信機だった。

今この瞬間、あらゆる霊力が遮断されるはずの収容所内へ、霊的エネルギーを運び込む太いパイプラインが貫通したのだ。それはヴァルプルギスの夜に増幅された螺旋香の霊力があって初めて可能となった。

通信端末となった運転手の脳を通じ、螺旋香の霊体がグレイプニル収容所の内部へ送られていく。それは資料室のコントロールパネルから暗証番号を読み取り稀覯本室の奥に保管されている彼女と同質の力を持つ魔道書、狂気の詩人アブドゥール・アルハザードが著《あらわ》した死霊秘法《アル・アジフ》へと至った。

ギアたちに邪魔されなければ、パイプラインで外部と繋がったまま螺旋香が、直接死霊秘法に触れることができたはずだ。その時には螺旋香がシュブ＝ニグラスとしての力を取り戻し、この世を彼女の支配する世界へと還元することができるはずだった。だが今はそれだけの力を発揮することは難しい。それでも霊体は、人には絶対発音できない文字を記された力そのものを、霊的パイプラインを通じて外で待つ螺旋香の中へと送りこんでいく。

いあっ！　いあっ！

螺旋香が吠える。

通信端末となった運転手は、たちまち生気を使い切り、萎縮《いしゅく》した肉の塊へと変わっていった。

ギアと龍頭は次に起こる何かのために構えた。

森が揺れた。

グレイプニル収容所の背後でゆさゆさと森全体が揺れ、そして啼いた。

魂を穢し人を狂気へと誘う螺旋香の啼《な》き声は響き震え、周囲へと波紋を描いて伝わっていく。

万博公園内にある建物を、撫でるように何かが拡がっていく。

蔦《つた》だ。

分厚く不自然なほどつやつやした葉が茂り、たちまち家々を鱗のように覆っていく。

庭園の土を割り、コンクリートを砕き、アスファルトを押しのけ、太い幹が、大蛇のような根が、大小様々な植物が、気の狂ったような速度で生長していく。

太く棘《とげ》だらけの幹から、枝葉が見る間に茂っていった。

とっくに沈んだ太陽がそれらの贄となったのかもしれない。呆気にとられている間に、鬱蒼《うっそう》と茂る樹々が、闇をさらに深くしていった。

その変化を前に、ギアたちは為す術もない。出来ることはただ眺めるだけだ。

螺旋香、つまりシュブ＝ニグラスはすべての女神の原型となった最古の女神だ。それはまさに大地母神であり、創造神そのものだった。彼女の望みは豊穣《ほうじょう》な生命に溢《あふ》れた原初の世界を取り戻すこと。

その願いが叶い、いま世界を再構成しようとしていた。

螺旋香は両腕を広げ、頭上を見上げて叫ぶ。

――いあっ、いあっ、森の黒山羊よ。命の起源よ。この森を孕《はら》ませよ。千の仔山羊たちよ、今こそ母の胎内より生まれ出でよ。

どんっ、と地響きがした。

遙か彼方、日のいずる方角に、黒雲のように沸き立つ物があった。天を覆う勢いで夜空へと伸びていく巨大な壁だ。

森の大木が楊枝《ようじ》のように見える、その巨大な褐色の壁は、轟音とともに収容所めがけて進んできていた。

それは信じられない大きさの褐色の波であり、移動する山脈だ。しかもその山脈は腸壁《ちょうへき》のように蠕動《ぜんどう》していた。

近づくにつれ、闇の中月明《つきあ》かりに照らされたその細部が見えるようになってきた。

それは生き物だった。

何万何億何兆という奇怪な生き物たちが土砂のように重なり波打って迫ってきているのだ。毒々しい刺胞《しほう》に包まれた触手を伸び縮みさせている極大のイソギンチャクを踏みつけている、黒い剛毛で覆われた十二本の脚を持つ熊。その熊を頭から囓《かじ》っているのは多関節の食腕《しょくわん》を持った鱗の生えた大烏賊だ。柔らかい腹を自重で潰された頭のない巨人の胎内からは、五色の蚯蚓《みみず》が見えぬ目で周囲を探り前に逃れようと身体をくねらせている。骨が折れ、皮膚から棘のように突き出した肉の塊は、身体を震わせながら人型へとその肉を歪め変形しようとしていた。それを邪魔するのは鷲鼻《わしばな》の鯖《さば》だ。人間くさい目をしたその鯖は、群れとなって異形の者たちの胎内へと潜り込む。その中から泡のように浮かび上がってきたのはけらけらと笑う巨大な頭だ。禿頭のそれは、笑いながら再び異形の群れに沈んでいった。

無数の異形が重なり押し合い積み上がり崩れていく生き物の大津波は、町を押しつぶし、森を巻き込み見る間にグレイプニル収容所へと押し寄せてくる。

まさにこの世の終わりを目前にして、ギアたちに出来ることなど何もなかった。

「さあ、ギア。扉を開けさせるのだ。扉の奥に逃げ込まなければ、あの異形の群れがおまえたちも呑み込むぞ。さあ、開けろ。開けさせろ」

勝ち誇った顔で螺旋香は言った。

「簡潔に話せよ、イケちゃん」

「だっておまえ、ここがどこだか判ってないんだから無茶言うなよ」

グレイプニル収容所の地下通路を、啓介は玩具の通信機片手に歩いていた。イケちゃんとキー坊がどこかに閉じ込められていると言うのだ。その場所を探して右往左往している間にここにやってきていた。ギアが彼を信用した上で収容所の中へ入れたのは、その友人たちに会えという指示だと、啓介は解釈していた。

　どうやら職員しか入り込めないフロアのようで、不審そうな顔をする職員たちと啓介は何度もすれ違った。呼び止められたら説明する嘘も考えていたが、今のところ呼び止められることはなかった。

「道に迷った時の呪符とかあったよな」

　イケちゃんがいつもと変わらないのんびりとした口調で言う。

「だから何度言ったら判るんだよ。ここではすべての呪法が使えないんだって」

　啓介がイライラしているのは、ただでさえ電波が届きにくいのに、今電池が切れようとしているからだ。

「だいぶ近づいているかな」

　啓介は訊ねた。

「近づいてるみたい。ちょっと壁とか叩いてくれる」

　啓介は拳で壁を叩いた。

「聞こえる聞こえる。すぐ近くだよ」

　叩いた壁のすぐ横に扉があった。関係者以外立ち入り禁止の札が下がっている。

　だが鍵は掛かっていないようだ。

　啓介はそっと扉を開いた。

　物置のようだった。

　工具や掃除用具など雑然といろいろな物が置いてある。その奥に大きなロッカーがあった。

「近くまで来てるか？」

　啓介が言うと、ロッカーががしゃがしゃと音を立てた。

「ここだここだ」

「やった」

　ロッカーのノブを持って開けようとしたが錠が掛かっているようだ。

「ちょっと待ってろ」

工具入れからドライバーを出してきた。それを錠の近くに差し込んで動かしていたら、あっさりと扉が開いた。

うほほと奇妙な声を上げてイケちゃんとキー坊が飛び出してきた。

両手首と両足を拘束ベルトで縛られていた。これも工具入れから出してきたカッターで切る。

「よかったよかったよおおお」

涙声でキー坊が言った。

「ほんと助かったよ」

そう言うイケちゃんに啓介は「感謝するんだな」と不機嫌そうに言った。

「するする。ちゅうしてやろうか」

唇を尖らせて迫ってくるイケちゃんの顔を押さえて啓介は言った。

「それはいい。それより何があったのか訊かせてくれるか」

古里織課長に見つかってからのことを、二人は説明した。驚くほど二人は説明が下手だった。

「とにかく資料室のコントロールパネルに紙の人形を挟んだわけだね」

「そうそう。それでそれを見てたからって手足を縛られたわけ」

「その紙人形って何の意味があるんだろう」

「教えてくれたよ」

イケちゃんが得意げに言った。

「教えてって……古里織課長が教えてくれたってこと？」

「そうだよ。アレは何だったんですかって訊いたら、要するに外部とここを繋ぐ通信ケーブルになるんだって」

「ケーブルっていうけど、ただの紙の人形でしょ」

「変な話だなと思ったんだけどね」

「だいたいあの課長は――」

　脱線しがちな二人の説明をだいたいまとめると、あの紙人形が外と中を繋ぎ、ヴァルプルギスの夜で増幅した螺旋香の力をもって死霊秘法《アル・アジフ》を読み解けば、外部に流れ出た強大な呪力によって世界は邪神の世になる。そこで螺旋香はここに侵入して死霊秘法の力を我が物とするために、自らヴァルプルギスの夜に逮捕されたということらしい。

「要するにね、グレイプニル収容所は完璧な結界に守られているので、中へは収容所から招かれたものでないと入れないんだって。それは、たとえヴァルプルギスの夜であっても、螺旋香の力だけでは無理矢理入ったりできないんだって。すごいよね」

　イケちゃんが心から感心した声でそう言った。

「だから面倒な罠を張って時間を調節して、しかも全滅させることなく陽が暮れてから呪禁官に連れられて収容所に入ろうとしたわけか」

　啓介は納得して一人頷いた。

「自慢してたよ。何年も前から計画したんだって。結構、嬉しそうに喋ってたからなぁ。馬鹿じゃないの」

　イケちゃんが鼻で笑う。

「というより、ぼくらを馬鹿にしてたみたいだよ」

　そう言ったのはキー坊だ。

「それにたぶん、おまえらを後で始末するつもりだったんだろうな」

　へっ？　とイケちゃんは啓介の顔を見た。

「そうじゃないなら、そこまで喋るはずがないじゃないか。あるいは、その時にはもうこの世が終わっているから平気だと思ったか……とにかくそのコントロールパネルを見に行こう」

　啓介に急かされ、三人は見学者のような顔をしてぞろぞろと資料室まで向かった。警備に問題があるのではないかと思うほど、誰にも呼び止められなかった。そして資料室にたどり着くと、驚くことに扉の錠が掛かっていなかった。

ここまで螺旋香が入ってこれるように錠を掛けなかったのだろう。扉を開いて次の稀覯《きこう》本の部屋の扉前で立ち止まった。

「これだよ」

イケちゃんがコントロールパネルを指差した。ここで暗証番号を打ち込めば入れるのだろうが、さすがにここの警備は厳重で、限られた人間しかその暗証番号を知らない。もちろん古里織も知らなかった。

「ナイフ持ってる?」

啓介に言われてキー坊がマイナスドライバーを取りだした。

「これ、持ってきた」

「さすがキー坊、準備がいいね」

ドライバーを受け取り、啓介はパネルの下にねじ込んだ。

「愚か者は何をしようと愚かなままだ」

言われて三人は後ろを振り返った。

「後悔しても反省はない。同じ失敗を何度もする。それがつまりおまえたちが愚か者だということだ」

薄ら笑いを浮かべてそこに立っているのは古里織だ。その右手には自動拳銃を持っている。

「俺は馬鹿と違うってば」

イケちゃんは唇を尖らせてそう言った。なおさら馬鹿に見えた。

「さあ、またロッカーに逆戻りだ。今度外に出たら、この世は女神のものとなっている。その時にはおまえたちも贄程度の役にはたつだろう」

「そんなことをさせるか」

イケちゃんは古里織の前に仁王立ちになり、

カッターナイフを手にした。

「見ろ」

カッターナイフを己の額に当てた。

「アテエエエエ、マルクトォオオオオ」

それからものすごく雑にカバラ十字の祓いを始めた。

「おまえは本格的に馬鹿だな。ここは何の呪法も効果がないんだ。そんなことも判らない人間が呪禁官を目指しているのか。まったくどんどん人間の質は落ちていくばっかりだ」

薄笑いを浮かべる古里織をじっと見詰め、真っ赤な顔でイケちゃんは最後の呪句を唱えた。

「レ・オラーム・アーメン！」

言い終わると同時に、三人は揃って古里織へと体当たりをした。

そのタイミングを合わせるだけのカバラ十字の祓いだった。そんな馬鹿げたことのために長々と真剣な顔で呪句を唱えているとは思ってもみなかった古里織は、不意を食らって背後に尻餅をついた。

たちまち駆け寄った三人がその上に馬乗りになり、拳銃をもぎ取る。

準備よく結束バンドを倉庫から持ってきていたキー坊が足首を拘束バンドで締める。

拳銃に手を伸ばそうと腹這いになった古里織の手首を、また結束バンドで縛った。

「そこで見てろ、馬鹿」

そう言ってイケちゃんは、パネルの下からドライバーをねじ込んだ。

そこからするりと紙人形が落ちてきた。

「止めろ止めるんだ。おまえたちは自分のしていることが判っていないんだ。そんなことをするとこの世が――」

焦って喋る古里織の話を、三人はまったく聞いていなかった。

紙人形をつまんで持ち上げたイケちゃんは、いきなりそれを破ってしまった。


螺旋香は絶叫した。

突然エネルギーの流れがぷつりと断たれたのだ。彼女の中に満ちていた力が一瞬で失せた。同時に再構築のために流されていた膨大な力も失せる。螺旋香一人の呪力で出来ることなどしれているのだ。その瞬間すべてが、鬱蒼とした森が、奇怪な生き物たちの壁が、創世のために生まれたすべてものが塵埃となって四散した。

螺旋香は頭を抱えて膝を折った。

「あああ、なんてことだ。このために今この時この世に生まれてきたのに。何千年もの力の蓄積が無駄となった」

螺旋香はふらふらと立ち上がった。


「このクズどもが」

ギアを指差した。

「このクズどもが！」

龍頭を指差した。

「クズどもの世界を正しい方向へもっていってやろうとしたのに。私の大切な子供たちを、人類を正しき道に導いてやろうとしたのに」

「母親ってやつはお節介なもんだが、それを余計なお世話って言うんだ」

ギアは言った。

その手にベルトの千切れたリュックを持っていた。

「なあ、螺旋香」

龍頭はギアの意図を察した上で前に出た。

「ちょっと教えてくれよ。おまえ、あたしが藍を助けに行く時、あの首輪を渡してくれたよな」

「何を今更そんなくだらないことを」

「あれ壊れてたんだが、わざとか」

「だからそんなくだらないことを」

「わざとかと聞いてるんだよ」

「わざとに決まってるじゃないか。そうすればどちらかが死ぬ。上手くいけば同士討ちだ」

「そのせいで、先生は失わなくてもいい命を失ったんだ」

「延々と泣き言を訴えられても、そんなことどうでもいいことなんだよ。今ここに新しい世界が――」

短剣を持ち、龍頭は身を延べた。

螺旋香の隣に立つと、ためらいなくその喉に短剣を突き立てた。

その手首を掴まれた。

「何故神を殺せると思った。ひとさるごときが」

脚を開きぐっと腰を降ろす。

インドのカラリ武術で《身を沈めた姿勢《オッタカール》》と呼ばれる基本の構えだ。この姿勢を続けると下腹に気が溜まり、熟練者は眠っていても戦うことが出来ると言われている。《アラディアの鉄槌》の信者である魔女たちが身につけていたのもこの武術だ。

龍頭が反対の拳で近距離から打った。

寸勁《すんけい》という技だ。わずかな距離から発勁を打ち込み内部から破壊する。

「何故おまえは自信満々でそんな手品を見せつけようとする」

螺旋香は首を傾げた。

ぶるん、とその身体を震わせると、大きく山を描いて龍頭の身体が飛んだ。

螺旋香はその着地場所に駆け寄り、脚を払った。

受け身も取れず龍頭は背後から路面に倒れた。

龍頭が身を削って戦っている間に、ギアは再び天使を喚起しようとしていた。普通に戦って勝てるとは思えなかったからだ。

起き上がり螺旋香に向かった龍頭を迎えたのは、習ったばかりの打穴と似た技だった。それはインド二大古典医学書の一つスシュルタ系の医学《アーユルヴェーダ》で伝えられている『末魔《マルマン》』への攻撃だ。

ほぼ経絡と同じ意味を持つ『末魔』にも、やはり死をもたらすポイントがあり、螺旋香は執拗にそこを多彩な拳の型で、突いたりねじったり引き千切ったりする。

あっという間に龍頭の身体は血塗れになった。

俄《にわか》仕込みの天穴の知識で、急所そのものへの攻撃はなんとか避けたが、やはり何度かに一回は急所を掠める。

龍頭はまた血を吐いた。

もう限界だった。

悔しそうに螺旋香を睨みながら、龍頭は膝を突いた。

その背後にギアが立っていた。

螺旋香にはその背後にいる天使の姿が見えていた。

その指が螺旋香の額にシジルを描いた。

何人たりとも、たとえ邪神であっても発動した天使の攻撃を避けることは出来ない。

螺旋香は青白い炎で包まれた。

熱のないその炎に炙られ、肉体がすべて白い煙と化して消えていくはず、だった。

確かに青い炎に炙られ、身体が灰色の煙を吹き出し始めた。

だが煙と化したのは皮膚一枚だ。そして赤い筋肉と腱が剥き出しになったのもほんの一瞬。

たちまちの内に皮膚が再生していく。

再生する速度はどんどん速くなり、とうとう煙と化すよりも早く再生するようになった。

つまり青い炎は何の効果も現さなくなったのだ。

ギアにはもうそれ以上天使の依り代となってい

ることは出来なかった。

身体があまりにも重い。肩に地球を乗せた大男の気分だ。

耐えきれずギアは頽《くずお》れた。

そして天を仰ぎ、倒れる。大天使の力は去った。

「話にならない。創世が駄目ならもう終わりだ。世界を終わらせてやろう。それもおまえたちが余計なことをしたからだ。地獄で後悔すれば良い」

螺旋香は弓に矢をつがえるポーズを取った。

鏃《やじり》の部分が、煌々と明かりを放つ。

それにつれて矢が、弓が、光となってその姿を現した。

それは最終兵器と呼ばれている魔術の一つ、《パシュパティの武器《パシュパーストラ》》だ。

放たれた光の矢は流れ星のように町を襲い、落下した町は高熱の光に包まれて燃え尽き、太陽は揺れ宇宙までもが焦げると言われている。


螺旋香は弓を引く。

それがどのような結果を迎えるか判っていながら、ギアにも龍頭にももう手を出す力は残されていなかった。

誰もがこの世の終わりを確信した。それは螺旋香ですらそうだっただろう。

だから背後から猛スピードで駆け寄ってきたそれに気がついていなかった。

三メートルはある筋肉の塊が螺旋香に突進した。

トラックに跳ね飛ばされるのと大差ない。

螺旋香は正面から収容所の扉に激突した。

血飛沫が四散した。

すぐに再生する螺旋香の頭を、それは――異形の波に呑まれながらも龍頭たちを追ってきた鬼頭は――掴み、ぐしゃりと潰した。

そしてじろりと龍頭を見る。

ギアがインターホンにＩＤを翳し叫んだ。

「ドアを開けてくれ！」

扉が開く。開ききるのを待たず、龍頭が中へと飛び込んだ。

人形のように螺旋香を振り回しながら、鬼頭が中に入った。

その背を蹴り、中に入ったギアは、扉を閉じた。

扉が閉じ、すべての呪法が使用不可能になった。

おうおうと声を上げながら鬼頭の姿が縮んでいく。薄汚れた体液が音を立てて皮膚から噴きだした。そしてあっという間に元の気の弱い中年男へと姿を変えていた。

彼に掛けられた呪いが解けたのだ。この建物にいる限り、鬼頭は二度と獣人化しないだろう。

そして螺旋香は、その肉体の大半が呪法に寄って形成されたものだった。失った肉体はもう二度と再生出来ない。それどころかゴボゴボと泡を吹き出しながらその身体が溶けていく。

最後に残ったのは真ん中に牙の生えた口のある、ウニのような生き物だった。

それも哀しげな声を上げ、数分後には命を絶った。

長い一日がようやく終わろうとしていた。

【fragment】Final day

「田沼啓介殿、池田伸也殿、小林清殿、この三名は魔女宗《アラディアの鉄槌》による悪辣な霊的テロに対し、勇敢にも養成学校で学んだ知識をもって対処し、人類救命のために身を挺して尽力されました。その勇気ある行動を讃え、心からの感謝の意を表します」

呪禁庁長官は満面の笑みで表彰状を渡した。

万雷の拍手だ。

代表して啓介が感謝状を受け取ると、回れ右をして居並ぶ列席者にお辞儀をした。

そこには退院してすぐに駆けつけたギアと龍頭の姿もあった。二人ともまだ入院中だったのだ。呪禁庁本部での式典に参加するのは久しぶりのことだった。

表彰が済み、式典が終わって、三人はギアと龍頭に挨拶に行った。呪禁庁本部ビルの喫茶室は授賞式関連の人達で賑わっていた。

「ありがとうございます。お世話になりました」

啓介とキー坊が頭を下げた。

「俺はあれじゃないの。どっちかといえば助けた方だよね」

イケちゃんが言う。もちろん頭を下げない。それどころかちょっと偉そうだ。

「ああ、確かにそうだな」

ギアが苦笑する。

イケちゃんの言っていることは嘘ではない。彼らが紙人形を破り捨て霊的パイプラインを遮断しなければ、それ以前に螺旋香を収容所内に入れるなと警告しなければ、今頃あの異形の群れが日本を、いや、世界を埋め尽くしていただろう。世界がイケちゃんの腹痛によって救われたのだと言っても間違いではない。

遠くでギアを見ながらひそひそと話している男たちがいた。

――あいつがまた仲間を売ったらしい。

龍頭をちらちら見ながらぎりぎり聞こえるように喋っている。

啓介の顔色が変わった。

すくと立ち上がるその肩をギアは押さえた。

無言で首を横に振る。

「だって、おかしいじゃないですか」

小声で啓介は言った。

「仲間を売ったのは誰ですか。古里織じゃないですか。葉車先生が何をしたっていうんですか。世界を救ったんですよ。何であんなことを言われないといけないんですか」

――救世主気取りらしいな。

――なんだ、先生って。何の先生なんだ。

クスクスと笑う。

今回呪禁局から出た逮捕者は二十人を超える。今回の事件に関与はしていなくとも、カルト教団に所属している呪禁官はかなりいるという調査結果も出ていた。呪禁庁は大騒ぎだ。

信仰と呪法は別物だ。信仰は物語《フィクション》で呪法は技術。その間に大きな関係はない。信仰心がなくとも、神を信じていなくとも、魔術を使うことは出来るのだ。そして信仰の自由は保障されている。だが今回の《アラディアの鉄槌》のような非合法結社に指定される宗教団体に呪禁官が加わることが出来ないのは当然のことだ。

呪禁庁の長官は外郭団体による素行調査を徹底することを約束した。

やりづらくなる。

息苦しい。

そんな不満があちこちで聞かれた。

その結果みんなが言うのだ。

またあいつか。

啓介は不満だった。腹が立って仕方なかった。そしてギアがそんな陰口を利く人間に反論もしない理由が判らなかった。

「龍頭さん、あいつら殴っていいすか」

啓介は本気でそう言った。それなりに問いかける相手を選んではいる。だが龍頭の返事は意外なものだった。

「止めとけ、馬鹿らしい。前途あるおまえたちのすることじゃないよ、そういうのは」

「よく平気ですね」

「まあね、ギアとつきあいが長いから、怒るな怒るなってずっと言われてきたからさ。今となってはこの程度のことじゃ腹も立たないね」

「本当ですか」

感心して啓介が言うのを、ギアはニヤニヤ笑って聞いている。

「なんだよ、ギア」

「いや、人間が出来たんだなと思ってね」

「そうだよ。人間が出来たんだよ。人生これ修行だからね」

「でもですね、ぼくは腹が立って仕方ないですよ。みんなもそう思うだろう」

イケちゃんもキー坊も大きく頷いた。

「いずれ判る。正義は勝つんだよ」

ギアは満足そうな笑顔だ。

「納得できないなあ」

不満そうな啓介たちに、龍頭は言った。

「正しいことを続けていたらね、いずれはみんな判ってくれると思ってるんだよ、ギアは」

「それは楽観的すぎるんじゃないかなあ」

「楽観が悪いか」

ギアはそう言って啓介に絡む。

「いえ、悪くはないですけど、でも――」

「おまえたちみたいなバカも呪禁官になるわけだから、そう心配することもないってことだよ」

「それ、どういうことですか」と聞き返す啓介に、ギアはさらに笑顔になって「世の中、それほど捨てたもんじゃないってことさ」と答えた。

陰口をたたく者はいつの間にかいなくなっていた。確かにあんな卑《いや》しい笑い方をする人間はいずれ消えてなくなるよな。

相変わらず心から楽しそうに笑っているギアを見て、啓介はそう思ったのだった。

◆参考文献

『悪魔学大全』ロッセル・ホープ・ロビンズ著　松田和也訳　青土社
『魔女術』鏡リュウジ著　柏書房
『変身力をよび起こす西洋魔術の本』朝松健著　はまの出版
『高等魔術実践マニュアル』朝松健著　学習研究所
『高等エノク魔術実践教本』ジェラード・シューラー著　岬健司訳　国書刊行会
『霊符の呪法』大宮司朗著　学習研究社
『日本呪術全書』豊島泰国著　原書房
『中国の呪法』澤田瑞穂著　平河出版社
『ヴェールを脱いだインド武術』伊藤武著　出帆新社
『ブックス・エソテリカ・シリーズ』学習研究社

あとがき

魔術と科学が転倒した世界のことを考えていました。今から十年以上前のことです。その世界では魔術を使った犯罪を取り締まる呪禁官という存在があり、その呪禁官の活躍を書くのはどうだろうと妄想が始まりました。現状に不満な科学者たちがテロ組織を作っていたり、非合法の魔術結社がやくざまがいのことをやっていたり、うん、こりゃ面白い。そう思い呪禁官葉車創作、通称ギアの物語が二冊分できあがりました。舞台はリアルな現代世界で、魔術は出てきますがまったくファンタジーではありませんでした。一番正しいのは青春オカルトアクション小説かな。いや、本当に青春ものだったのですよ。最初の『呪禁官』はそのギアが呪禁官養成学校の生徒として修行中の物語でした。この当時、ハリー・ポッターのシリーズが始まったばかりで評判になっており、書き上げてから同じ設定だと教えてもらって慌てたことを思い出します。内容はまるっきり違ったんですけどね。

私にしてはすごく爽やかな小説だったからでしょうか。この呪禁官のシリーズ（とはいえ二冊だけですけど）は、何故かその後に「あれが好きでした」と言われることの多い小説の一つとなりました。作家としてはとても嬉しいことです。

で、この呪禁官の主役ギアは殉職した父親の意志を継いで呪禁官になることを決意したわけなのですが、いつかその殉職した父親の話を書けたら良いのに、と思っていました。そんなとき、創土社の増井さんから新作で『呪禁官』の続きを書くっていうのはどうでしょう、とお話がありました。

いわゆる一つの渡りに舟です。

二つ返事でお引き受けいたしました。二つ返事で引き受けたわりには時間が掛かりましたが、それでもようやく完成しました。


世界を滅ぼす力を持った危険な魔女相沢螺旋香を護送することとなった葉車俊彦——通称ギア。彼が相棒の龍頭とともに乗るのは、他の未決囚たちと一緒に螺旋香を封じた棺を積み込んだ特殊な対魔術装甲の護送車。行く先はあらゆる魔力を封じることが可能なグレイプニル収容所だ。

ところがその日はヴァルプルギスの夜。陽が暮れると魔女の力は最大限に引き上げられる。そうなれば護送車や棺の力で螺旋香を抑えておくことは不可能になるだろう。

襲い来る非合法魔女集団《アラディアの鉄槌》を振り払い、ギアたちは無事グレイプニル収容所にたどり着けるのか。


最初から最後まで疾走し続け、ノンストップで楽しめる小説を目指しました。皆さんが最後まで楽しんでいただけたのなら、それに勝る幸せはありません。

牧野 修

クトゥルー・ミュトス・ファイルズ
The Cthulhu Mythos Files
近刊予告

『ヨグ＝ソトース戦車隊』

菊地 秀行

一発の命中弾で彼らは目を覚ました。

何故俺たちはここにいる？

日本人戦車長、ドイツ人砲手、イギリス人操縦士、イタリア人通信士、アメリカ人整備士。そして、世界最高の戦車。

全ての記憶は失われていたが、目的だけはわかっていた。

サハラ砂漠のど真ん中にある古神殿、
そこへいにしえの神の赤ん坊を届けるのだ。


194× 年、独伊枢軸軍と米英連合軍が火花を散らす北アフリカ戦線。

赤ん坊の運命は次なる邪の神か。

地上ではドイツの名将ロンメルとイギリスの猛将モントゴメリー率いる戦車軍団が追いすがり、空からは"撃墜王アフリカの星"操るメッサーシュミットが襲いかかる。

そして、海底の邪神クトゥルーの呪いもまた。彼らは世界を敵に回したのだ。

だが、「たとえ化け物でも、すがってくる赤ん坊は殺させねえ」

ちっぽけな人間たちの意地と勇気と知恵が、そして、異次元の魔王ヨグ＝ソトースの魔力がこれを迎え撃つ。

地上全てを海と変えるノアの大洪水、死を運ぶ方舟と巨大戦艦の影、高さ 30 キロに及ぶ太陽フレア。

誰かが叫ぶ、「あれは零戦だ」と。

彼らを待つのは砂漠の墳墓か、バグダッドの舞姫か？


熱砂の一粒一粒に生と死と殺気をはらんで——

クトゥルー・ミュトス・ファイルズ

The Cthulhu Mythos Files

好評既刊

邪神金融道　菊地 秀行

妖神グルメ　菊地 秀行

邪神帝国　朝松 健

崑央（クン・ヤン）の女王　朝松 健

ダンウィッチの末裔

菊地 秀行　牧野 修　くしまち みなと（ゲームブック）

チャールズ・ウォードの系譜

朝松 健　立原 透耶　くしまち みなと

邪神たちの2・26　田中 文雄

ホームズ鬼譚～異次元の色彩

山田 正紀　北原 尚彦　フーゴ・ハル（ゲームブック）

邪神艦隊　菊地 秀行

超時間の闇

小林 泰三　林 譲治　山本 弘（ゲームブック）

インスマスの血脈

夢枕 獏 × 寺田克也（絵巻物語）　樋口 明雄　黒 史郎

ユゴスの囁き

松村 進吉　間瀬 純子　山田 剛毅（浮世絵草紙）

クトゥルーを喚ぶ声

田中 啓文　倉阪 鬼一郎　鷹木 骰子（漫画）

クトゥルー・ミュトス・ファイルズ
The Cthulhu Mythos Files

呪禁官　百怪ト夜行ス

2014年5月1日　第1刷

著　者

牧野 修

発行人

酒井 武史

カバーおよび本文中のイラスト　猫将軍
帯デザイン　山田 剛毅

発行所　株式会社　創土社
〒165-0031 東京都中野区上鷺宮 5-18-3
電話 03-3970-2669　FAX 03-3825-8714
http://www.soudosha.jp

印刷　株式会社シナノ

ISBN978-4-7988-3014-8　C0093
定価はカバーに印刷してあります。

祥伝社文庫

呪禁捜査官　訓練生ギア

牧野　修著

本体価格：619円
ISBN：4-396-33145-2　C0193
発　行：祥伝社

あらすじ：「呪術」が政治的経済的にも重要視される社会で、葉車《はぐるま》創作《そうさく》（ギア）は、殉職した父、葉車俊彦の遺志を継ぐべく、呪禁捜査官養成学校へ通っていた。ある日、閃光が走り、天が裂け、血の雨が降る。強力な呪術によって今まさに世界の終末が訪れようとしていた。

全国書店にてご注文ください。